L'Île intérieure

DE LA MÊME AUTRICE

Romans

Mur de nuages, Gallimard, « L'Arbalète », 2022.
Lointain, Gallimard, « Blanche », 2017.
Upsilon Scorpii, Gallimard, « L'Arbalète », 2013.

Poésie

Pauvre chanson et autres poèmes, Gallimard, « L'Arbalète », 2018.
28 paradis, 28 enfers, avec Patrick Modiano et Dominique Zehrfuss, Gallimard, « Le Cabinet des lettrés », 2012.
Espérance mathématique, Gallimard, « L'Arbalète », 2012.

Marie Modiano

L'Île intérieure

roman

Robert Laffont

ISBN : 978-2-221-26812-4
Dépôt légal : mai 2024
Éditions Robert Laffont – 92, avenue de France, 75013 Paris

OBÉRON
Allons, ma reine, dans un grave silence,
Courons après l'ombre de la nuit.
Nous pouvons faire le tour du globe
Plus vite que la Lune errante.

TITANIA
Allons, mon seigneur.
Dans notre vol,
Vous me direz comment, cette nuit,
J'ai pu me trouver ici endormie,
Avec ces mortels, sur la Terre.

William Shakespeare,
Le Songe d'une nuit d'été,
Acte IV, scène I

CHANT I

La fuite

Écrire, ne serait-ce qu'un mot
tracer des lettres sur le temps
virgule, point. À la ligne
nous verrons bien qui sera le plus fort.

Je tente de me souvenir de quelque chose, je n'y parviens pas. Je te pose la question : « Où étions-nous avant d'être ici ? »

Tu détournes le regard, l'air gêné. Incapable de me répondre.

Le chauffeur de taxi qui nous conduit nous parle de son fils, Zeno. Il vient d'avoir six ans, passionné par les arts du cirque, il veut devenir forain plus tard. Enfin, c'est ce que nous pensons comprendre car son fort accent napolitain nous laisse perplexes. *Zeno jongle comme ça*, il lâche le volant et lance une, deux, trois balles dans les airs. Nous sommes paniqués, il rit. Klaxons. Insultes. Klaxons. Nous nous faisons tout petits, assis sur la banquette arrière. J'ai tellement peur qu'il nous arrive un accident, je me bouche les yeux avec la main.

Une fois à l'embarcadère, le chauffeur nous annonce que la navette va quitter le quai dans quelques minutes. Nous nous dépêchons. Les bruits sont différents. Les couleurs aussi. Bleu. Jaune. Blanc. Nous sommes étourdis par tant de lumière. Nous courons vers le guichet pour acheter les billets. La vieille femme au comptoir nous tend nos places, pourtant nous ne lui avons pas donné d'argent. Nous nous laissons porter par nos gestes, comme si nous poursuivions le fil d'une histoire déjà écrite, dont nous ne connaissons pas l'intrigue.

Il fait chaud et nous accélérons le pas afin d'accéder à temps à la *porta* 64, d'où le bateau va partir. Il est énorme, comme un ferry. Nous entrons dans une sorte d'immense hangar, où tous les autres passagers ont déposé leurs valises. Un escalier étroit nous mène sur la partie supérieure, nous restons un instant à contempler la mer, puis rentrons à l'intérieur. Un bar sur la gauche, des rangées de fauteuils en plastique bleu, des vitres sales. Nous nous asseyons près de la porte, sans savoir que penser.

Qui sommes-nous ? Je n'ose pas te le demander. Je te souris comme si de rien n'était. Je prends ta main avant d'entendre le moteur gronder : nous quittons lentement le quai. Je sors de ma poche les billets qu'on nous a donnés à l'embarcadère : *14 settembre XXXX – 17 h 55 – Napoli-Capri.*

Nous sommes arrivés hier en fin d'après-midi, le soleil colorait d'une teinte orangée tout ce qui nous entourait. Tu étais à côté de moi, le même que celui avec qui j'ai passé les dix-huit dernières années de ma vie. Je te regardais et m'interrogeais. Nous étions ensemble et continuions notre voyage.

Je ne savais pas comment nous avions atterri là, je ne voulais pas chercher à comprendre. Nous ne regrettions rien. Pas le moindre remords d'avoir tout laissé derrière nous, sans nous retourner, ne serait-ce qu'une seule fois. Nous ne ressentions pas grand-chose, comme si nous étions en apesanteur.

La ville était grande, bordée par la mer. Désordonnée. Les trottoirs étaient étroits, la circulation dense, les routes cabossées. La plupart des immeubles tombaient en ruine, palais décatis, vestiges d'une splendeur ancienne, recouverte par la poussière des siècles passés.

Nous marchions à l'aveugle. Si quelqu'un nous avait indiqué le chemin, tout aurait été plus simple, mais il ne fallait pas trop en demander. Dans ma poche gauche, ma main moite serrait un papier froissé avec une adresse inscrite dessus. Nous essayions d'avancer parmi les ruelles, la foule était compacte ; nous nous tenions par le bras pour ne pas nous perdre.

À une dizaine de mètres devant nous, des personnes formaient un cercle, elles semblaient absorbées par quelque chose. Nous entendions des cris et nous nous sommes approchés pour voir ce qui se passait. Deux chiens, crocs découverts, étaient en train de s'affronter. Les spectateurs, hypnotisés, hurlaient. Les animaux étaient ensanglantés, exténués, l'un d'eux avait perdu une oreille. Ils s'éloignaient l'un de l'autre un bref instant, puis reprenaient de plus belle. Les regards des deux bêtes étaient vides. Grognements, halètements, aboiements de douleur. Nous sommes parvenus à nous échapper.

J'avais perdu toute notion de l'heure. Le ciel s'obscurcissait au fur et à mesure que nous avancions, la nuit allait bientôt tomber. Nous continuions à marcher, l'air était suffocant et les rues étaient encore plus agitées que quelques minutes plus tôt. J'avais la tête qui tournait et j'aurais voulu m'asseoir quelque part pour reprendre des forces, tu avançais de plus en plus vite, je peinais pour te suivre. Tu semblais craindre qu'on nous retrouve et vouloir semer quelqu'un. J'ai crié ton nom, tu ne m'as pas entendue. Tu as tourné à droite, je t'ai suivi en courant.

Une fanfare au loin. Des terrasses animées de tous les côtés, les gens parlaient fort, riaient et trinquaient.

Pourquoi aller si vite ? Nous aurions pu flâner, il n'y avait personne derrière nous. Tout le monde ignorait où nous étions. Je te disais dans ma tête de ne pas avoir peur et de m'attendre.

Un adolescent m'a tirée par l'épaule en me présentant une énorme pinte de bière, tel un trophée, il m'a soufflé son haleine alcoolisée au visage. Je me suis dégagée de lui, je te cherchais dans toutes les directions, sans te voir. Puis j'ai distingué une main levée au loin, tu me faisais des signes. Ton regard était effrayé, tu trépignais comme si notre vie en dépendait.

Le son de trombones et de trompettes s'est rapproché. On jouait *In the Death Car*, le thème de la chanson du film *Arizona Dream*, un air qui m'a toujours provoqué un certain malaise.

A howling wind is whistling in the night
Le vent hurle et siffle dans la nuit
My dog is growling in the dark
Mon chien grogne dans le noir
Something's pulling me outside
Quelque chose me pousse à sortir
To ride around in circles
Et à tourner en rond
[...] In the deathcar, we're alive
Dans la voiture de mort, nous sommes en vie
In the deathcar, we're alive
Dans la voiture de mort, nous sommes en vie

Je me demandais si nous étions vivants, ou juste deux esprits errant dans une ville inconnue. Personne n'avait l'air de remarquer notre présence, comme si nous étions invisibles tous les deux. Des courants d'air engloutis dans une métropole sur le point d'imploser. Était-ce donc cela que nous avions désiré plus que tout ? Nous nous en voulions, l'un et l'autre, d'avoir fait triompher notre lâcheté. Notre inconstance. Nous sommes identiques : des êtres dénués de force morale. Nous avions préféré capituler plutôt qu'affronter nos responsabilités. Je plaignais ceux qui nous connaissaient, mais, après tout, nous n'avions rien fait pour entretenir une relation avec eux. La seule chose qui nous avait importé avait été de détruire ce que nous avions construit, nous y avions pensé jour et nuit, comme l'unique but que nous avions pu donner à notre existence. Nous nous étions déjà échappés depuis longtemps, tout en restant au même endroit. Notre déplacement géographique était la toute dernière étape d'un processus enclenché depuis bien longtemps.

Dans la voiture de mort, nous sommes en vie.

Comment cela aurait sonné si les mots de cette phrase avaient été inversés ?

Dans la voiture de vie, nous sommes morts.

La nuit était désormais tombée. Il faisait de plus en plus chaud, j'ai enlevé ma veste et je l'ai nouée autour de ma taille. Ma respiration était rapide, cela aurait été encore pire si nous avions dû traîner des valises derrière nous. Heureusement, nous avions les mains vides, aucune preuve d'un quotidien que nous aurions mené quelque part, aucune trace laissée malgré nous. Nous avions été prudents de crainte qu'on puisse nous retrouver un jour. Nous ne nous souvenions plus de rien, étrange perception d'un écho lointain.

Les gens parlaient fort dans cette ville. Ils criaient, gesticulaient comme s'il fallait à tout prix se faire remarquer. En eux transpirait la peur de disparaître, d'être engloutis par l'obscurité d'un temps passé, qui aurait eu lieu en parallèle avec celui d'aujourd'hui. Nous ne nous posions pas la question de savoir si nous avancions dans la bonne direction. Peu nous importait où nos pas nous mèneraient, je me disais que l'adresse écrite sur le papier, dans ma poche gauche, se présenterait bien à nous à un moment donné. Rien ne nous pressait, nous pouvions prendre notre temps. Combien d'années avait-il fallu pour arriver à cet instant ? Combien de départs ratés, pour finalement y parvenir ?

In the deathcar, we're alive.

La fanfare nous poursuivait, elle était de plus en plus forte, comme un cortège mortuaire. Je ne voulais pas savoir si elle était pour nous, mieux valait demeurer dans le doute et continuer à marcher. Je n'avais ni faim ni soif, pourtant nous aurions dû nous arrêter quelque part pour reprendre des forces. Tu étais pâle, comme si tu étais sur le point de t'écrouler sur les pavés. J'ai fouillé dans mes poches sans trouver d'argent ; toi non plus, tu n'avais rien. Il ne nous restait plus qu'à avancer, peut-être nous nourrirait-on à l'adresse indiquée ?

L'atmosphère était électrique dans ces ruelles bondées, tout le monde se tenait sur ses gardes, en attendant qu'un drame éclate. J'ai aperçu une femme à genoux, dans une boutique qui ressemblait à une pâtisserie, les étalages étaient presque vides. Juste deux gâteaux recouverts d'un glaçage aux couleurs pastel. La femme avait les mains jointes comme si elle était en train de prier ou de supplier quelqu'un. Un petit homme derrière la caisse la dévisageait d'un air ironique, il se moquait d'elle. La femme était en détresse, elle gémissait de douleur. L'homme lui a jeté une pièce au visage et l'a chassée avec un balai à l'extérieur du magasin. Avant de partir, la femme a pris à la hâte les deux gâteaux et s'est enfuie en courant. L'homme a levé son balai en l'air, en proférant des menaces.

Nous nous sommes regardés, tous deux désolés, nous demandant quelle était cette ville que nous arpentions, sans connaître personne ni savoir où aller. Un endroit qui contenait plusieurs métropoles, ayant bercé nos songes. Les chats de gouttière hantaient les cours des vieux palais, les rayons de la lune éclairaient tant bien que mal les façades abîmées, les transformant en décors de théâtre. Une meute de chiens aboyait sur les hauteurs, le danger n'était jamais loin. Pourtant, nous faisions corps avec la ville, elle était la continuation de nos blessures. Nous nous traînions de bizarreries en bizarreries, ayant enfin trouvé un monde qui nous ressemblait. Un monde boiteux et incertain. Nos cicatrices se fondaient dans les fêlures qui tapissaient les murs. La pierre, comme nous, respirait bruyamment. Elle s'essoufflait vite, souffrant d'une solitude à peine descriptible. Dérangeante, même pour les plus sauvages.

Dans ma main moite, je serrais avec angoisse le papier et, pourtant, je savais comme toi que nous arriverions bien quelque part. Les ruelles étaient étroites, l'impression que nous étions perdus dans un labyrinthe. Si je levais les yeux au ciel, la rue était bouchée par du linge qui pendait aux fenêtres. Sentiment de claustrophobie, comme si nous avions été pris au piège. Aucune issue de secours possible.

Quelques personnes faisaient la queue devant ce qui avait l'air d'un cinéma ou bien d'un théâtre. Nous nous sommes mêlés à la file qui attendait sur le trottoir, avant d'entrer. Un homme très maigre déchirait les tickets en invitant les gens à avancer. Quand nous nous sommes retrouvés face à lui, il nous a laissés passer sans rien nous demander. Nous avons pénétré dans un vaste hall très éclairé, un énorme lustre en cristal était suspendu au-dessus de nous, la moquette bordeaux au sol était très abîmée. Nous avons suivi le mouvement, des portes battantes au bout d'un couloir menaient à la salle de spectacle.

Un grand théâtre à l'italienne, où étaient disposées des tables rondes et des chaises. Nous nous sommes assis à l'une d'entre elles, un homme d'une cinquantaine d'années y était déjà attablé, seul. Il était vêtu d'un pantalon en cuir et d'un T-shirt en noir et blanc, avec une tête de mort et deux signes *Peace & Love* à l'envers ; dessus était inscrit : *MOB 47, NUCLEAR ATTACK.* Il s'est présenté, Daniel, Anglais de Newcastle. Après avoir échangé quelques paroles avec lui, il a reconnu ton accent du sud de la Suède, il avait habité plus d'une dizaine d'années à Malmö, dans sa jeunesse – « *Because of the music scene* », nous a-t-il dit. « *It was wild, you know, the life there in the 80's, I had a different girl in my bed every night !* » (« À cause de la scène musicale, nous a-t-il dit. La vie là-bas, dans les années 80, était complètement dingue, chaque soir j'avais une fille différente dans mon lit ! ») Quand il s'est mis à rire, nous avons découvert qu'il avait de minuscules bras, ce qui donnait l'étrange impression que ses mains étaient collées à ses épaules. Il avait l'allure d'un animal marin, surtout quand ses mains s'agitaient avec excitation, comme des nageoires. Il ne cessait de nous faire des clins d'œil et des allusions graveleuses concernant ses anciennes maîtresses suédoises. « *It was extraordinary… Fucking hot, great fun, man !* » (« C'était extraordinaire… Putain, c'était torride, mec ! ») Nous étions gênés et essayions de détourner nos regards pour qu'il arrête de nous parler, il ne cessait de nous relancer.

« Qui connaissez-vous dans le spectacle ?

— Nous ne connaissons personne, nous sommes ici un peu par hasard… Nous venons de loin, vous savez…

— Moi, je connais Titi de Muir, Sophie Tanger, Pear Belle Hélène et le fabuleux Billy Bazoon, c'est le seul homme de la troupe. Son strip-tease sur bâton à ressort est le moment phare du show. »

Il s'esclaffait tout en remuant ses mains. La salle était pleine, les gens buvaient, fumaient, discutaient. Des sifflements de part et d'autre.

J'ai fermé les yeux. J'ai essayé de retrouver d'où je venais, je n'y parvenais pas. Des ombres bougeaient, elles formaient une ronde autour de moi et soupiraient. Il fallait sortir de ce cercle, mais c'était impossible, j'étais emprisonnée. Une femme est apparue, elle m'a tirée par le bras, toutes les ombres se sont évanouies, comme si elles n'avaient jamais été là. Nous courions sur des rails, la femme et moi. Pourquoi donc je m'abandonnais ainsi à elle ? Je ne la connaissais pas. Je plaçais tous mes espoirs dans ce visage dur et ce corps malingre, comme si j'avais su au fond de moi que personne ne pourrait me tirer de là, à part elle. Les images n'étaient pas nettes, pourtant je voyais que les rails s'arrêtaient à un moment donné. Il n'y avait plus rien autour de nous. Une plaine désolée. Était-ce donc là où je devais aboutir ? La solitude me fouettait comme le vent, j'avais tout abandonné par choix. Un caprice devenu une raison de vivre. Derrière mes paupières, la femme a disparu puis tu l'as remplacée. Tu essayais de m'expliquer quelque chose, tu faisais de grands gestes, mais aucun son ne sortait de ta bouche. Je me suis aperçue qu'ils t'avaient coupé la langue et pourtant tu n'avais pas l'air de souffrir. Tu étais excité, comme quand on vient de faire une découverte incroyable et qu'on essaye de la partager coûte que coûte avec quelqu'un. Je te regardais et ressentais de la pitié, tes lèvres ouvertes sur un profond trou noir, les mots t'avaient déserté, juste ces mouvements saccadés qui animaient tes membres pour m'expliquer quelque chose que je n'arrivais pas à saisir. J'acquiesçais pour ne pas te peiner, mais je ne te connaissais plus. J'avais l'impression d'être face à un étranger.

J'ai ouvert les yeux, la lumière déclinait progressivement. Une femme voluptueuse, coiffée d'une perruque blonde, à la Marilyn Monroe, faisait son entrée en scène. Elle était vêtue d'une culotte à paillettes rouges, de cuissardes à strass et semelles compensées. Torse nu, seuls des cache-tétons, d'où pendaient des fils multicolores, lui couvraient la poitrine. Elle avançait en multipliant des mimiques langoureuses. Sa démarche était loin d'être gracieuse. Elle s'est plantée face au public et a commencé à chanter l'hymne américain d'une voix de crécelle, tout en bougeant son buste de façon à ce que ses seins, lourds et pendants, esquissent des cercles. Applaudissements et rires dans la salle. Notre voisin de table secouait ses mains de plus en plus vite, il s'est levé, a fouillé dans sa veste et a jeté plusieurs billets sur la scène. Pear Belle Hélène, c'est ainsi que la femme s'était présentée au début de sa performance, a ramassé les billets, puis, dos au public, a baissé légèrement sa culotte, y a glissé les papiers, s'est donné une petite fessée tout en se penchant légèrement en avant. Applaudissements, cris ; le public était déchaîné, visiblement conquis. La femme est sortie de scène en remuant une dernière fois son imposant derrière.

Plusieurs numéros dans le genre se sont succédé, guère plus captivants les uns que les autres. Je voulais m'échapper, l'homme à notre table nous répétait en boucle :

« Billy Bazoon ne va pas tarder à faire son entrée. Vous n'allez pas être déçus… C'est un génie. »

Ses mains se déployaient autour de ses épaules, il avait l'air d'un paon qui aurait fait la roue. Il grimaçait à nouveau avec ses clins d'œil.

Tout à coup, n'en pouvant plus, je me suis levée et je t'ai entraîné vers la sortie, nous nous sommes frayé, tant bien que mal, un passage à travers les tables et les spectateurs avachis sur leurs chaises. Nous avons traversé le hall en courant, afin d'être à l'air libre le plus vite possible.

Trouver l'adresse. J'ai sorti le papier de ma poche et l'ai contemplé comme un talisman. Se reposer quelque part, parvenir à trouver un refuge dans le chaos de la ville.

Le bruit de nos pas résonnait dans la nuit et se perdait dans le brouhaha de la foule. J'avais confiance. Une force invisible nous poussait dans la bonne direction, il suffisait de nous laisser aller, sans contredire le cours des choses. Ne pas penser à l'endroit d'où nous venions, ni à tout ce qui avait précédé, ceux que nous avions quittés… Rien n'avait jamais existé.

Nous nous sommes arrêtés devant une porte en bois sculpté, au milieu d'une rue très agitée. Pas d'interphone ni de digicode. Nous avons attendu. Nous savions que quelqu'un allait venir nous chercher. Je me suis reculée un peu, puis j'ai levé les yeux vers les plaques où étaient inscrits le nom de la rue et le numéro de l'immeuble. J'ai sorti le papier froissé de ma poche : nous étions à la bonne adresse. Il fallait rester ici jusqu'à ce que quelque chose se passe, nous avions tout notre temps.

La porte s'est enfin ouverte, une jeune femme d'une trentaine d'années a glissé sa tête à travers l'ouverture, elle nous souriait :

« Vous êtes enfin arrivés ! Je suis descendue plusieurs fois aujourd'hui mais il n'y avait personne. J'espère que vous n'avez pas eu trop de mal à trouver l'adresse, les chauffeurs de taxi refusent de venir jusqu'ici à cause de la foule. La plupart du temps, ils laissent les clients deux cents mètres plus bas, à part si on leur fait comprendre, à peine montés dans leurs véhicules, qu'ils auront un bon pourboire. Difficile de savoir comment agir quand on ne connaît pas leur façon de faire…

— Ne vous inquiétez pas pour nous, nous sommes venus à pied…

— Vous devez être très fatigués alors… J'espère qu'il vous reste encore un peu de forces pour monter l'escalier, c'est au troisième, mais ici les étages comptent double. Je m'assurerai de vous commander un taxi demain pour vous emmener à l'embarcadère. »

Nous ne comprenions pas de quoi elle nous parlait, nous avons acquiescé par politesse. Nous avons pénétré dans le hall d'entrée qui ouvrait quelques mètres plus loin sur une cour intérieure. Une loge de gardien en bois sur la droite, elle était vide. Un grand escalier de part et d'autre, la peinture s'écaillait, des échafaudages soutenaient certaines parties des murs qui menaçaient de s'écrouler.

La cour était circulaire, bordée de fenêtres, la plupart abîmées. À plusieurs endroits, des bouts de papier étaient collés à la place des vitres. Nous étions au cœur d'un palais en ruine. La jeune femme nous précédait, elle s'est retournée vers nous :

« Vous n'avez pas de valise ? Tant mieux, monter les marches est déjà une expédition en soi ! »

Nous nous sommes engagés dans une vaste cage d'escalier blanche, en très mauvais état : des taches d'humidité jonchaient les murs, des gouttes d'eau tombaient sur une bâche au sol. Nous avons débuté la montée, de temps en temps, la jeune femme nous souriait :

« Ça va ? » nous demandait-elle.

Nous étions pleins d'entrain et avions hâte d'arriver. Puis le souffle s'est fait plus court, nous avons ralenti la cadence et avons jeté un œil en hauteur en nous penchant un peu : il nous restait encore plus de la moitié à gravir. Ne pas faiblir, monter, monter, sans réfléchir…

Si quelqu'un avait crié mon prénom pendant cette ascension, est-ce que je me serais arrêtée ? Je ne pense pas. J'avais tout laissé derrière moi : nom, prénom, âge. De l'histoire ancienne, tout ça. Nous avions cessé de jouer un jeu dont nous n'avions jamais compris les règles. Nous étions devenus nous-mêmes. Après tant d'années en apnée, nous étions enfin à l'air libre. Mon cœur battait vite, j'avais du mal à respirer ; pourtant l'effort me faisait du bien, il fallait mériter sa liberté. Monter. Ne pas perdre de vue le but qui s'approchait au fur et à mesure que nous nous élevions.

Dans une vie lointaine, j'avais imaginé des chiffres pour chaque marche, peu m'importait alors combien d'étages je devais gravir, il ne fallait pas cesser d'aligner ces numéros dans ma tête. Tout répertorier, se persuader d'avoir une emprise sur les choses, quelle que soit la forme que cela prenait. Tous ces détails, comme un tourbillon pour ne pas perdre pied et sombrer.

« Encore un petit effort, nous y sommes presque, nous a dit la jeune femme pour nous encourager. Au fait, je ne me suis pas présentée, je m'appelle Aglaé, je suis française, j'habite ici depuis quelques mois, j'aide Rosa avec les check-in et les départs, cela demande pas mal d'organisation, vous savez. »

J'étais sur le point d'abandonner, tu avais l'air en meilleure forme que moi et tu m'as tendu la main pour m'aider. Je transpirais, des étoiles dansaient devant mes yeux. J'avais perdu connaissance tant de fois depuis mon adolescence, j'espérais que cela n'allait pas m'arriver à ce moment-là. Si j'étais tombée sur les marches de cet escalier vétuste, j'y aurais laissé ma peau.

« Voilà, nous y sommes. »

Aglaé a sorti un trousseau où étaient accrochées plusieurs clefs de très grande taille. Elle a ouvert une porte en bois, nous avons pénétré dans un vestibule éclairé par une ampoule qui pendait d'un très haut plafond recouvert, ici aussi, par du plastique. Des piles de livres au sol. Nous avons fait quelques pas et nous nous sommes retrouvés dans un immense salon dont les murs étaient noircis de tableaux, photographies et dessins de toutes sortes. Des tapis colorés recouvraient un vieux parquet, de larges canapés à chaque coin de la pièce, diverses tables basses et bureaux, des poufs, des chaises, des coussins… Encore d'autres piles de livres qui quadrillaient l'espace, des lampes-guirlandes étaient accrochées et formaient une espèce de toile d'araignée lumineuse au-dessus de nos têtes. Nous avons entendu de la musique et des éclats de rire au loin :

« Rosa n'est pas là pendant quelques jours, nous faisons une petite fête sur la terrasse avec des amis, si vous voulez vous joindre à nous…

— C'est gentil, mais nous sommes épuisés… Est-ce que vous avez une chambre où nous pouvons nous reposer ?

— Bien sûr, allez vous installer dans la chambre marron, celle juste à côté de la chambre de Rosa. Les seules règles du *palazzo* sont que toutes les pièces doivent être en permanence disponibles pour tous les occupants de l'appartement. Rien n'appartient à personne, ici. Pour résumer, cela veut dire que si quelqu'un d'autre que vous a envie de dormir dans la chambre marron ce soir, vous devrez l'accueillir. Aucune porte ne doit être verrouillée, la communauté est libre d'accéder à tous les espaces, à n'importe quelle heure du jour et de la nuit. Il en va de même pour la cuisine, vous pouvez prendre tout ce que vous désirez à condition de laisser, vous aussi, des produits que chacun pourra consommer. Est-ce que c'est clair pour vous ?

— Oui.

— Bien, je vais vous mener à la chambre marron, où vous pourrez vous reposer. Fermez la fenêtre, on ne sait jamais. Ces derniers temps, il y a eu de nombreux vols : les cambrioleurs se déplacent de terrasse en terrasse et entrent par les fenêtres ouvertes. Heureusement, vous n'avez pas de bagages, ils seraient même capables de vous voler vos vêtements ou bien de vous couper les cheveux pour les revendre, ils sont prêts à tout pour quelques euros. Faites attention. »

Elle a tourné une poignée en forme de gueule de poisson. Un matelas était posé dans un coin, la chambre n'était pas marron, mais il était écrit au mur en grosses lettres de peinture noire : *Marron 1977*. Nous n'avons pas osé l'interroger sur ce que cette inscription signifiait. Aglaé nous a souri puis elle a disparu, sûrement pour rejoindre les autres convives sur la terrasse.

Je me suis soudain aperçue que nous ne lui avions pas demandé si nous pouvions manger quelque chose. Elle nous avait bien parlé de la cuisine mais, comme nous n'avions rien apporté pour les habitants de l'appartement, nous ne pouvions rien prendre...

Nous nous sommes regardés, hébétés, sans parvenir à nous voir distinctement, il faisait trop sombre. Dormir pour oublier la faim, et si quelqu'un voulait se coucher plus tard dans cette chambre, nous lui ferions une petite place sur le matelas.

Après avoir fermé les fenêtres et les volets intérieurs, nous nous sommes allongés l'un à côté de l'autre, en écoutant les bruits de la ville.

Je contemple le paysage à travers la vitre poussiéreuse du ferry. Tu me proposes d'aller sur le pont extérieur. « Nous prendrons l'air », dis-tu. Dehors, le bruit du moteur nous étourdit, un sillon blanc sur l'eau. J'arrive à lire tes pensées, tu es en train de te dire que tu ne connais pas vraiment celle qui se trouve à tes côtés. Je fais un signe d'approbation de la tête.

Si, je suis la même, je suis bien celle que j'ai toujours été.

Le soleil nous donne l'impression d'avancer à travers un filtre laiteux. La douceur de l'air nous berce, elle calme nos interrogations quand nous essayons de percer à jour le mystère de notre présence sur ce bateau, à destination de Capri. Notre mue s'est opérée malgré nous et nos peaux anciennes sont bel et bien tombées au sol, comme celles des serpents.

Les flots me bercent, je repense à la petite pièce où j'ai l'habitude d'écrire. Elle me semble si lointaine.

Un autre temps, une autre vie. Le regard fixé sur l'arbre dans la cour. Le gris de l'hiver, à la fois triste et enveloppant. Ce gris de la ville, je le connais si bien que j'en suis venue à le dompter. Il fait partie de moi, tel un refuge où j'ai envie de me cacher. L'esprit est organisé de façon étrange… Pourquoi se souvenir à présent de ce gris citadin, quand je suis en train de traverser une mer étale, d'un bleu profond, dans la chaleur d'une fin d'été ? Il faut entreprendre un long voyage pour revenir à soi-même.

Dans ce vide j'ai vu la voile et le navire
ça tanguait sans jamais s'arrêter
droite-gauche, gauche-droite
comme les aiguilles d'une pendule déglinguée.
Je fuyais vers un horizon qui rétrécissait
à force de s'agrandir
et ça me donnait le tournis
les souvenirs remontaient à la surface
les bons mais aussi les mauvais
traces mousseuses au creux de mon insomnie
telle l'écume
l'écume de ma petite vie.

Au fur et à mesure que le bateau avance, je retrouve ce que j'ai perdu depuis longtemps. J'ignore pourquoi nous sommes ici, mais il me semble entrevoir le visage de la liberté. Le vent souffle et nous pousse loin.

J'ai toujours redouté de rester au même endroit, de peur d'étouffer. Peu de gens ont le temps de se demander qui ils sont vraiment. Il faut de nombreuses heures vides pour s'approcher de la vérité. Un luxe. Le privilège de ceux qui ont le temps de rêver.

CHANT II

Rêve sur la mer

Un mur de marbre se cache derrière le paradis blanc
on fait toc toc mais le bras est trop court
c'était le bonheur, c'était donc ça !
Et puis plus rien. Plus rien après.

Tu t'es endormi. Le poids de ta tête posée sur mon épaule.

Tout est neuf. Il a suffi de marcher des heures dans mon esprit pour trouver la direction vers laquelle avancer. Ces allers-retours, j'en ai fait plus que je n'aurais dû. Nous voici à présent loin du rivage, notre destin se déploie sur cette mer infinie, il nous scrute sans que nous sachions ce qu'il attend de nous. Ce destin, nous ignorons tout de lui, pourtant nous ne l'avons jamais frôlé d'aussi près. Plus de crainte, plus de regret. Il suffit de se laisser porter sans rien faire. Le navire nous recrachera à bon port : l'île de Fer nous attend au crépuscule de sa journée.

Mes paupières se ferment. Je parviens à pénétrer dans ton rêve. Tu as oublié de cadenasser une des portes, je me glisse à l'intérieur.

La nuit est tombée sur la petite place. De nombreux enfants jouent encore sur les pavés, assemblés, ils forment une gigantesque fleur de couleur jaune. Leurs pas qui courent claquent dans l'air, doux ce soir-là. Des rires, des cris. Les bruits de l'été t'étourdissent un peu.

Tu contemples ce tourbillon, attablé à la terrasse d'un café. Tu as laissé tant de choses et de personnes pour aboutir ici. Étranger de tous et libre de toi-même. Un léger pincement au cœur te traverse par moments, mais tu sais bien que tout a un prix et tu t'es répété plus d'une fois : *on n'a rien sans rien.*

Une mère poursuit ses deux fils, âgés d'environ six et huit ans, elle essaye de les attraper, ils se dérobent à chaque fois. Le chat et les souris. Tu captures leur joie et leurs sourires.

Tu es seul, mais n'est-ce pas ce que tu as toujours souhaité ? Tu bois de l'alcool en espérant que la douleur va s'estomper, elle s'accroche à toi. Une souffrance, certes diluée par les nombreux verres que tu as déjà avalés, elle n'en est que plus diffuse. Tu as mal dans tout le corps. Bras, cou, jambes, front. Un refrain qui se joue en boucle dans ta tête.

Tu es parti, mais tu as eu tort. Quand on s'en va, il est rare de se trouver.

Un homme chante derrière l'église. Sa voix grave s'échappe dans la nuit, tu ne comprends presque pas les paroles dans cette langue étrangère. Juste quelques bribes. Les étoiles tombent les unes après les autres, elles ne remontent jamais au ciel, larmes nocturnes qui se perdent dans la mer. Les rochers te font face, ils sont là pour l'éternité. Les danseurs virevoltent encore sur les îles des sirènes. *Léonide Massine. Rudolf Noureev.* Leurs ombres se perdent entre la roche et le narcisse, celui qui embaume l'air et fait tourner la tête. La grâce ne s'éteint pas, elle ne cesse de tournoyer autour de Gallo Lungo, ce bout de terre au large de Capri.

Ose rêver
rêve d'oser
danse les jours à venir
plongeons là où nous n'avons jamais été.

Sur une route solitaire
lettres inscrites en rouge
il commence à faire sombre sur le boulevard.

Une peau ancienne tombée à tes pieds
le tambour gronde dans les airs
écoute leurs cris, ils veulent un changement
un sifflement pour demain
loin dans la mer profonde
nous nous tenons droits
I faraglioni.

Ne dis pas un mot
ne bouge pas
accroche-toi aux ailes de la déesse
et ne fais plus qu'un avec la brise de septembre.

Laisse mon cœur
attraper le tien
écoute leur chanson
ils chantent tous pour nous.

Ne crains plus la lumière
un tambour gronde dans les airs
des fleurs éclosent de partout
un sifflement pour demain
loin dans la mer profonde
nous nous tenons droits
I faraglioni.

Quand la cloche de l'église sonne onze coups, tu te lèves et t'éloignes sur le chemin pavé, il suffit de le suivre pour ne pas se perdre. Le patron du café te l'a répété plusieurs fois : « Marchez sur la pierre en forme de serpent, ça ondule, ça ondule, vous arriverez bien quelque part. »

Ton songe prend à présent une autre direction : tu es plongé dans l'obscurité de ton pays natal, durant les mois d'hiver.

Le réveil sonnait tôt, puis il fallait partir au lycée. Il y a longtemps. Tu entends encore le crissement de tes pas sur la neige. Les sons feutrés, comme sous une cloche. Tu comptes dans ta tête, ne cessant d'aligner les chiffres et les nombres dans ton esprit, encore embrumé par le manque de sommeil. Tu sais déjà que tu quitteras Malmö, ta ville natale : ses docks, ses pontons et l'ennui de ses rues grises et couleur brique. L'horizon n'est jamais loin, à tout juste une dizaine de minutes de ta maison d'enfance. Tu lui fais face et lui répètes à haute voix : « Attends-moi, j'arrive. Je vais courir sur ta ligne infinie, nous ne nous quitterons plus. » Le vent souffle fort et il te faut fermer les yeux pour avancer. Tu marches les paupières closes, de multiples paysages en toi. Tu les traverses en oubliant qui tu es. Il fait beau et tu sais que le monde réel se trouve là, le même que celui que tu t'apprêtes à parcourir.

Les soirs d'été, les jeunes de ton âge traînent près du ponton numéro 8, sur Ribersborgsstranden, à quelques minutes à vélo du sauna public, Ribersborgs Kallbadhus. Barbecues jetables, cigarettes. De la musique s'échappe d'un ghetto-blaster.

Dans moins d'une semaine, c'est Midsommar. *Puis les mois d'été où on ne fait rien. Peut-être que Suzanne et moi pourrions voyager… En Espagne ou ailleurs. Au Sud. Dix mois que nous sommes ensemble et je ne sais pas trop où cette histoire nous mènera… Nous avons passé le week-end dernier chez son père. C'est un homme taciturne, mais son regard est doux, on voit qu'il a un bon fond et il sait fumer le saumon comme personne. Il s'est fait renvoyer de la police au tout début de l'année, une erreur professionnelle, m'a dit Suzanne… Quand je lui pose des questions, elle esquive le sujet.*

Ton ami Kalle se déshabille et plonge dans la mer, il est bientôt suivi par toute la bande, le ciel s'obscurcit, il est presque 23 heures. Tu les regardes tous se perdre parmi les vagues.

J'ai comme une sensation de vide depuis la fin du lycée vendredi dernier. Une oppression dans la poitrine. Pourtant quand je regarde Suzanne qui danse au loin avec Moa, je me dis que tout va aller bien. Ne pas trop penser. J'ai pourtant l'impression d'être étranger à tous et à toutes, et peut-être en premier à Suzanne. Quand j'essaye de lui parler de quelque chose d'important, de quelque chose qui compte vraiment pour moi, c'est comme si elle ne m'entendait pas. Elle me fixe avec ses grands yeux bleus, un sourire bienveillant se dessine sur son visage d'ange, mais je sais bien qu'elle ne saisit pas un mot de ce que je lui raconte. Elle ne me comprend pas. Elle n'a pas la moindre idée de la personne que je suis véritablement.

Quelqu'un vient d'allumer une lanterne torche qui s'envole vers les nuages.

Oui, peut-être qu'on pourrait faire un voyage dans le Sud… Pourquoi pas en Espagne…

Le bateau glisse de plus en plus vite sur l'eau et je me demande quand nous arriverons à destination. Tu dors encore. Je tente d'imaginer à quoi ressemblait la vie que nous venons de quitter… Non, vraiment, aucune image précise ne me vient en tête.

Avant notre fuite, j'avais la sensation d'être coincée et de ne plus pouvoir respirer. Pas d'air frais, juste un intérieur dont toutes les fenêtres étaient fermées, toutes les portes closes. J'étouffais.

Un éternel recommencement, sans issue possible. Les rêves stagnaient comme de l'eau croupie et je ne parvenais pas à voir, ni à sentir une main tendue pour m'aider. Il fallait que je me débrouille seule. Seule sans oxygène. Seule dans l'enfermement. La nuit, nous mourions plusieurs fois. À chaque réveil, nous étions aspirés par les ténèbres, puis quand arrivaient les premières lueurs du matin, bien que les tourments étaient les mêmes, nous nous accrochions aux branches pour garder l'équilibre.

Les rayons du soleil de fin d'après-midi se couchent sur la mer. Muets et profonds, ils connaissent tous les secrets du monde. Dans chaque rayon se cache la lumière d'une existence, celle que l'on embrasse, sans chercher à contredire le cours des choses. Il fait frais, ta tête posée contre mon épaule me réchauffe. Nous sommes deux fugitifs, notre fuite n'a pas d'excuse. Nous avons laissé derrière nous les êtres aimés et les responsabilités auxquelles nous devions faire face. Il fallait suivre au pas cette monotonie sans faille. Nous avons beau savoir tout cela, nous ne nous sentons pas coupables, nous avons survécu et nous voici à présent au centre de nous-mêmes. Les souvenirs ont soif d'être remarqués, mais nous détournons le regard. Parmi les vagues, je distingue des bouts de terre qui me disent : *Tu es telle que tu es, tu as essayé de faire du mieux possible, cela a échoué, ce n'est pas plus grave que ça. Aujourd'hui ta liberté, tu la portes sur ton dos, comme un vieux sac de randonneur, et tu ne la quitteras plus, car c'est l'unique chose qu'il te reste dans cette navette entre Naples et l'Isola Azzurra.*

Il y a longtemps que les feuilles sont tombées dans nos mémoires. Un flash, une sorte de déjà-vu qui nous laisse un arrière-goût de cendre. Nous avons du mal à dissimuler notre malaise. Nous les avons comptés, ces jours et ces années, en secret ; nous savions qu'à un moment tout cesserait. Nous étions préparés, sans trop y croire.

Quand je t'ai rencontré pour la première fois, il faisait déjà nuit depuis plusieurs heures. L'hiver touchait à sa fin, mais il neigeait encore. Je regardais les flocons tomber par la fenêtre de ce restaurant grec à Berlin, dans le quartier de Kreuzberg, près du canal.

L'heure bleue murmure
ce que nous ne dirons pas
nos pas ne se perdront pas dans la ville.

La vie apparaît soudain
dans un restaurant grec
l'hiver est parfois généreux
le destin nous fait un clin d'œil.

Ce n'est que rétrospectivement que l'on se rend compte que certains moments d'une vie sont importants. On essaye de revivre les scènes et d'entrevoir de nouveaux détails qu'on aurait pu laisser filer. Je suis retournée de nombreuses fois dans ce restaurant grec, à Berlin, dans mes souvenirs. J'ai fouillé tous les recoins sans y voir apparaître de nouveaux éléments. J'ai du mal à te discerner toi, tel que tu étais ce soir-là du début du mois de mars de cette année-là, le toi que je ne connaissais pas encore. Aucune des paroles que nous avons échangées ne subsiste dans mon esprit. Je n'ai rien noté dans mon carnet. Je sais juste que c'était le premier jour. Le commencement. Nous en avons souvent parlé en rigolant : « Et toi, qu'as-tu pensé de moi ? M'as-tu tout de suite trouvé sympathique ? » J'étais curieuse d'avoir ton avis et toi le mien, mais nous avions beau chercher, ce moment semblait recouvert d'un voile opaque. Le principal n'est-il pas que, parmi tous ces êtres, ces milliards de lieux qui constituent notre monde, nos deux chemins aient réussi à se croiser un jour ?

Te réveiller et t'interroger dans ce bateau sur le mystère de notre rencontre, cela serait inutile, tu n'en sais pas plus que moi. Explique-moi au moins où nous allons. Nous faisons comme si c'était normal pourtant, avoue quand même que rien ne fait sens. Tu as sombré dans le sommeil pour ne pas faire face à toutes ces questions, je connais le sommeil comme refuge.

Tu m'as vue plus d'une fois bâiller, lutter pour rester éveillée quand j'avais le trac. Souviens-toi de cette tournée en Angleterre, où nous étions seulement tous les deux. Je m'endormais partout, sur un coin de table dans un pub, sur le canapé défoncé d'une loge à l'odeur rance de bière et de tabac froid, dans la voiture que nous avions louée pour nous déplacer de ville en ville… Portsmouth, London, Derby, Birmingham, Liverpool. Il neigeait quand nous étions arrivés à Glasgow, et nous avions repris la route le soir même, après le concert, en faisant de brèves haltes jusqu'à Paris. Nous nous étions dit en riant que si un couple résistait à une tournée en tête à tête en Grande-Bretagne, alors il serait invincible.

Mais ça, c'était avant. Avant l'école le matin, les journées passées au square au lieu de travailler, avant ce jour sans fin qui fait de nous des êtres mécaniques, à qui il reste tout juste assez de force pour maintenir la tête hors de l'eau.

Parfois, dans un rêve à moitié éveillé, je me vois courir après cette personne qui est libre, elle a mon visage et ma silhouette et je lui dis : « Attends-moi, je ne veux pas rester seule. Attends-moi là où tu es, je te rejoins. »

Puis je monte sur son dos et nous partons toutes les deux en nous envolant. Rien ne peut nous arrêter.

CHANT III

Un autre rêve sur la mer

Songe qu'une nuit tient dans le creux de ta main
serre fort, fais pleurer les étoiles
le rêveur a déchiré le voile
l'aube viendra se cogner à ta paume, enfin !

À Capri, les ciels sont coupés en deux. Des rochers s'élèvent de la mer avec arrogance. Les colonnes de marbre sur les terrasses des villas murmurent des secrets du temps passé. Les promenades sur les sentiers escarpés donnent le vertige, ils sont parfois si étroits qu'on a l'impression que le pied va glisser. Le bruit entêtant des vagues se cogne contre la pierre. Parfois le vent souffle tellement fort que les arbres se tordent. Pour celui ou celle qui ignore tout de l'île, il faut se préparer à être déstabilisé dès que l'on frôle cette terre mystérieuse. Peines et joies se confondent, puis on lâche prise, tandis que les esprits rôdent et vous scrutent. Dans l'air, la douceur se mêle à l'incertitude, on ne sait pas s'il faut parler ou bien se taire. On redevient un débutant de la vie. Un enfant aux pupilles grandes ouvertes, qui observe la nature et ses secrets, en se faisant le plus discret possible.

Lucia s'est assise sur l'herbe, presque tout en haut d'une colline qui mène à la villa Lysis. Elle guette le jour qui va bientôt tomber. Son regard fixé vers l'horizon, l'odeur des figues l'étourdit. Elle en a cueilli quelques-unes cette après-midi, l'intérieur du fruit était sec et pâteux, la saison est encore loin.

Lucia a trois jeunes frères que je ne connais pas. Je ne la connais pas non plus, elle s'installe à l'instant dans un coin de mon esprit, alors que nous traversons la mer pour rejoindre Capri.

Lucia est grande, elle a des cheveux bruns, ondulés, qui lui arrivent à la hauteur des épaules. Elle porte une robe à motifs fleuris, quand elle se penche en avant, on aperçoit sur son dos une longue cicatrice qui se perd au creux de ses omoplates. Comme Lucia est présente dans mon songe et qu'il est peu probable qu'elle existe vraiment, je ne peux même pas lui demander comment elle s'est fait mal.

Lucia aime chanter ; pourtant, la plupart du temps, elle demeure silencieuse, fixant l'horizon comme si elle essayait de comprendre ce qui l'entoure. Elle cligne des yeux à cause de la lumière trop vive, la main couvre ses sourcils fournis. Elle semble compter quelque chose, ses lèvres bougent légèrement, de façon régulière. Aucun son n'en sort.

Lucia est née à Capri il y a dix-sept ans. Elle n'a quitté l'île qu'à trois occasions : la première, pour se faire opérer des amygdales dans un hôpital à Naples, quand elle avait six ans. Elle se rappelle l'odeur de la chambre et la sensation des draps rêches sur sa peau. Le bruit des pas dans le couloir. À chaque fois, elle espérait reconnaître ceux rapides et légers de sa mère, elle avait dû attendre longtemps avant de la voir apparaître.

Sa deuxième excursion, qu'elle m'a racontée, je crois, c'était avec son père et son plus jeune frère. Pour rendre visite à sa tante sur l'île d'Ischia. Ils avaient mangé des oursins pour le déjeuner, elle s'était régalée. Son père avait discuté avec sa sœur de choses qui lui semblaient très sérieuses, ils avaient tous les deux des visages graves. Il y avait eu des éclats de voix, puis ils étaient repartis à la hâte. Le père n'avait pas dit un mot sur le chemin du retour, ils étaient arrivés à Capri à la nuit tombée et il avait fallu gravir la colline pour rejoindre la maison. Les chèvres bêlaient dans l'obscurité, on entendait le tintement de leurs cloches qui se perdait dans la brise.

La troisième et dernière fois qu'elle avait quitté l'île remontait à un mois à peine. Gino, le fils aîné de la meilleure amie de sa mère, avait demandé l'autorisation aux parents de Lucia de l'emmener passer la journée à Naples et, contre toute attente, ils avaient accepté. Ils étaient partis dans la matinée, avaient marché dans la ville près du Castel dell'Ovo et dans le quartier espagnol. Lucia avait eu un peu peur de l'agitation dans les rues. Ils étaient allés au cinéma dans l'après-midi voir une comédie américaine, puis, après avoir traîné aux terrasses de cafés, ils avaient couru pour attraper la dernière navette.

Lucia repensait souvent à cette journée comme l'une des plus belles qu'elle ait jamais vécue et, bien qu'il ne s'était rien passé avec Gino, il n'avait quitté ses pensées depuis ce moment.

Les *cafards* envahissent la *piazzetta* à partir de 10 heures du matin. C'est ainsi que Lucia surnomme les hordes de touristes qui débarquent, crachés par les navettes successives venant de Naples. Depuis son enfance, elle les observe circulant en masse parmi les ruelles, appareils photo à l'épaule, shorts et casquettes, perches à selfie pointées fièrement vers le ciel, voix fortes et mauvaises manières… Elle les déteste et ne se sent soulagée qu'à l'arrivée du crépuscule, quand ils repartent agglutinés les uns aux autres, en funiculaire ou en descendant la pente à pied jusqu'à l'embarcadère. « Au revoir, à jamais ! » leur crie-t-elle d'en haut, sachant parfaitement qu'elle les reverra dès le lendemain matin, et cela jusqu'à la saison morte, celle qu'elle affectionne le plus.

Quand il fait froid et que les rues sont vides, l'île redevient elle-même, calme et mystérieuse. Elle entend à travers les bruissements du vent des conversations venues d'on ne sait où, elle les nomme : le murmure des anges. Car les esprits osent s'aventurer à Capri, le plus souvent durant les mois d'hiver. Ils voguent parmi les jardins silencieux et se remémorent les siècles passés. Lucia aimerait bien aborder le sujet avec Gino, malheureusement elle craint qu'il ne la comprenne pas, bien qu'il soit, comme elle, né sur l'île. Elle s'imagine qu'il lui dirait : Nous avons besoin des touristes pour vivre. Sans eux, nous mourrions de faim. À qui vendrais-tu tes paniers tissés ? Et moi, qui donc servirais-je au café ? Nous avons appris depuis notre plus jeune âge à côtoyer ces cafards de malheur, en les traitant comme s'ils étaient des papillons… Il faut continuer à nous taire si nous voulons rester ici.

Lucia serait d'accord avec lui s'il lui tenait ce discours, elle n'en pense pas moins. Il faut se résigner, attendre la délivrance du crépuscule, quand elle observe tous les groupes regagner Marina Grande et disparaître.

Le silence enveloppe la via lo Capo et Lucia monte. Elle monte encore et toujours plus haut. Les odeurs de la nuit l'enivrent. Elle atteint la villa Lysis, qui a déjà fermé ses portes depuis 18 heures, puis s'assoit sur un banc en pierre dans le jardin qu'elle connaît comme sa poche. Là, le petit chat tigré, toujours le même depuis tant d'années, s'approche d'elle, et, dans leurs regards qui se croisent, on lit une entente secrète : *Ils sont tous partis*, semblent-ils se dire.

Plusieurs chats rôdent autour de la villa à la nuit tombée, mais c'est avec celui-là, certainement pas le plus beau d'entre eux, que Lucia a créé une complicité, elle l'a surnommé Sperduto. Elle trouve qu'ils se ressemblent, tous les deux ; comme elle, il se tient presque toujours à l'écart des autres. Il aime circuler à sa guise et s'éloigne souvent du reste du groupe, assoiffé d'indépendance.

Sa mère lui a souvent répété :

« Tu es comme le vent, Lucia. Depuis que tu sais marcher, il faut te courir après, tu ne cesses de disparaître. Tu es imprévisible. Invisible comme l'air, tu sembles toujours à la recherche de quelque chose que tu aurais perdu il y a longtemps. »

Sperduto se frotte la tête contre la cheville de Lucia, elle le caresse. Tout est immobile dans l'obscurité. Elle a l'impression d'entendre les voix du baron Jacques d'Adelswärd-Fersen et de son jeune amant Nino Cesarini. Le poète aristocrate et dandy avait fui la France et échoué à Capri au tout début du XXe siècle, suite à une affaire de corruption de mineurs à Paris. Il avait ensuite fait construire sa splendide villa, qui à l'origine s'appelait *La Gloriette*, puis la villa Fersen ou villa Lysis. Fersen et Nino haussent le ton, ce qui fait peur à Lucia, elle prend Sperduto dans les bras et se demande à propos de quoi ils peuvent bien se disputer. Lucia ne comprend pas pourquoi le passé ne s'éteint jamais : des choses ressurgissent en permanence de ce monde endormi et ces phénomènes ne la laissent pas en paix.

Les voix des deux hommes sont à présent presque inaudibles et elle imagine qu'ils sont allés se calmer dans la salle d'opium, au sous-sol. Elle y est déjà entrée à plusieurs reprises, et, bien que cette pièce circulaire et étrange soit aujourd'hui vide, elle ne peut s'empêcher de ressentir un certain malaise quand elle s'y trouve. Les fantômes se tiennent par la main et font une ronde, ils sont inépuisables. Tournent, tournent, de plus en plus vite. Ils refusent de quitter la vie qui les a pourtant chassés depuis longtemps. On parlemente :

« Partez maintenant et ne revenez plus. Nous n'acceptons pas les morts ici. »

Ils s'en vont un instant, on se croit débarrassés d'eux et, à peine quelques minutes plus tard, ils réapparaissent comme si de rien n'était.

Tu ouvres les yeux et lèves la tête, le visage encore plein de sommeil, tu as l'air perdu. Ton regard cherche une réponse, une information qu'on ne t'aurait pas donnée. Tu m'interroges en silence. Je n'en sais pas plus que toi, après tout, ce n'est pas désagréable, j'essaye de m'abandonner au rythme des flots. Ce n'est pas si grave... Tant qu'il n'y a pas de dispute, d'anxiété liée à notre départ, il ne faut pas tenter de comprendre. Juste se laisser aller, portés par les vagues. Nous ne sommes pas les mêmes qu'hier, mais qui étions-nous avant aujourd'hui ? Tout juste âgés de quelques heures, la mer nous recueille comme deux orphelins. Nous glissons vers l'inconnu en sachant, l'un comme l'autre, que rien de cette intrigue n'existe. Pourtant, tout est si réel. Plus vrai que l'ombre de notre quotidien.

Tu me murmures à l'oreille que tu as aperçu une sirène au loin. Je te demande à quoi elle ressemblait : à Télès ou à Parthénope ? À Leucosie ou bien à

Ligie ? Corps d'oiseau ou de poisson ? Tu hausses les épaules, l'air de dire que tu n'en sais rien. Tu n'es guère surpris, comme si tu en avais rencontré une multitude auparavant… Tu comprends la langue qu'elles se parlent entre elles, cela n'a plus aucun mystère pour toi.

CHANT IV

Arrivée à Capri

Disparaître
larguer les amarres
exil intérieur
ne jamais revenir.

Nous allons bientôt arriver à destination, pourtant rien ne nous l'indique de façon claire. Aucune annonce par les haut-parleurs. Nous n'osons pas bouger de peur que quelqu'un ne nous remarque et nous ordonne de faire demi-tour. Nous serions incapables de trouver le chemin du retour.

Une histoire différente aurait accueilli d'autres personnages principaux, pas nous. Je ris malgré moi, les événements me semblent tellement absurdes : nous voilà projetés au milieu de la Méditerranée, ignorant l'un comme l'autre ce que nous faisons là. Est-ce que quelqu'un serait en train de nous faire une mauvaise blague ? Mieux vaut ne pas commencer à se poser ce genre de questions, cela reviendrait à s'enfoncer dans un gouffre. Ne pas jouer les naïfs non plus, ce n'est pas comme si la pensée de fuir ne nous avait jamais traversé l'esprit… Eh bien, nous y voilà. Point final. Peu importe si ce que nous vivons est réel ou bien le fruit de nos imaginations déglinguées. Les faits sont les mêmes : nous sommes sur ce bateau en provenance de Naples et à destination de Capri, inutile d'essayer de comprendre, de disséquer la situation.

Se laisser aller. Pour une fois dans ta vie, lâche donc prise, sans chercher la petite bête. Avec tes arguments, toutes ces dates inscrites sur papier, tes analyses psychologiques à la mords-moi-le-nœud, tes airs de maîtresse d'école… Tu nous fatigues. Tu ne cesses de te plaindre alors que ta vie est merveilleuse. Même ici, dans ce bateau, tu ne peux pas te taire pour une fois, assez avec tes jérémiades ! Beaucoup aimeraient être à ta place, et toi, tu te poses encore des questions. Tu voudrais comprendre pourquoi tu es là, te souvenir d'où tu viens… Ce que tu peux être pénible, jamais satisfaite de rien.

Tu te lèves et te diriges vers le bar, mais le jeune homme derrière le comptoir te fait un signe négatif de la main. Tu reviens vers moi. De l'inquiétude dans ton regard. J'essaye de lire tes pensées, mais ton esprit est vide. De l'incompréhension. Cela me rassure de savoir que toi aussi tu ne te sens pas à l'aise.

Fuir. Tout laisser sans se retourner. Sans regret. Continuer sa route sans se soucier des responsabilités auxquelles nous devions faire face. Ton visage perplexe a l'air de me dire que, bien que tu ne sois à présent responsable que de toi-même, tu n'en éprouves aucune tranquillité pour autant. Tu es libre sans l'être et je ne te cache pas ressentir exactement la même chose. Dans peu de temps nous arriverons sur l'île, cet endroit fantasmé par tant de personnes, depuis des millénaires. Un lieu dépeint comme paradisiaque que nous appréhendons pourtant de découvrir. Qu'allons-nous faire une fois là-bas ? Comment allons-nous organiser notre temps ? Cela fait tant d'années que nous comptons chaque heure, chaque minute, chaque seconde. L'idée d'avoir un temps illimité devant nous fait naître un vertige. Nous sommes enfin face à nous-mêmes, mais cela nous effraie.

Le bateau ralentit, il va bientôt toucher la côte. Une annonce en italien sort des haut-parleurs. Nous nous levons, cherchons les affaires que nous n'avons pas, puis nous nous donnons la main. Il faut descendre l'escalier étroit en métal, puis traverser à nouveau l'immense hangar à valises pour se diriger vers la sortie. Nous ne sommes pas encore à l'arrêt et attendons debout avec les autres passagers. Je suis fatiguée. Je ne me souviens plus de la dernière fois où j'ai passé une nuit paisible. J'aimerais tant m'allonger et partir vers ces rêves où tout apparaît plus vrai que dans la vie, où l'on circule de tableau en tableau, sans se demander en permanence comment on a atterri là.

La passerelle du bateau se baisse, une colline et le bleu du ciel de fin de journée, teinté de rose. Nous voilà sur le quai, nous avançons, ne sachant pas vers où nous devons aller, nous nous contentons de suivre la foule devant nous. L'air est doux, le vrombissement des scooters au loin, nous sommes au cœur de Marina Grande. Après avoir dépassé les embarcadères des navettes vers Naples, Sorrente ou Positano, nous apercevons, amarrés un peu plus loin, les bateaux de plaisance qui flottent sur le port. Des vendeurs à la sauvette se ruent sur nous pour nous présenter toutes sortes de babioles, allant des bijoux en faux corail aux foulards aux imprimés criards, briquets, yo-yo lumineux… Nous essayons de leur expliquer que nous n'avons pas d'argent en sortant le tissu de nos poches, ils ne nous croient pas et nous lancent des regards furieux.

À une centaine de mètres, juste devant une ancienne maison colorée de pêcheur reconvertie en magasin de souvenirs, une dame coiffée d'un chapeau noir semble nous faire des signes ; n'étant pas sûre qu'elle s'adresse à nous, je regarde derrière moi, il n'y a personne. Je lui fais un signe de la main en retour. Nous nous approchons d'elle. Elle nous sourit chaleureusement et nous adresse la parole :

« Je suis désolée ; mon français est très mauvais… Soyez les bienvenus ! Je vous attendais depuis un moment déjà. Comme je n'avais pas reçu de vos nouvelles, je ne savais pas si vous aviez réussi à attraper la navette… Aglaé ne m'avait pas prévenue de l'heure de votre arrivée… Sara, enchantée ! Cela fait si longtemps que j'entends parler de vous, j'avais hâte de faire votre connaissance. »

Sara. Sara. Non, vraiment, j'ai beau réfléchir, je n'ai absolument aucune idée de qui cette femme peut bien être. Tu n'as pas l'air d'en savoir plus que moi, mais tu souris poliment.

« Enchanté, Sara.

— Enchantée, Sara !

— Nous allons prendre un taxi et je vous amènerai à la maison, elle se trouve à cinq minutes de la *piazzetta*. Vous n'avez pas de bagage ? Tant mieux, le chauffeur devra s'arrêter à une centaine de mètres du logement, puis nous devrons marcher… Vous êtes les premiers arrivés, les musiciens classiques ne seront là que demain, vous avez donc la priorité pour le choix des chambres. »

Nous continuons à lui sourire, comme si nous étions au courant de tout. Un groupe de touristes portugais passe à notre gauche, après avoir été crachés par la bouche immense que forme l'entrée du funiculaire. Leur guide, un petit homme chauve qui agite un drapeau rouge, crie à tue-tête : « *Siga me e se apresse, senão não temos tempo para apanhar o ultimo barco !* » (« Suivez-moi et dépêchez-vous, sinon nous n'aurons pas le temps d'attraper le dernier bateau ! »)

Sara hèle un taxi, ils sont tous identiques : blancs, sièges et banquette en cuir de couleurs vives, décapotables avec un petit toit comme ceux des voitures de golf. Nous entrons dans l'un d'entre eux.

Le conducteur s'engage dans la montée, plus nous avançons, plus la vue est belle, bien que la route soit si abrupte que le vertige s'empare de moi. Le soleil se couche à l'horizon et se reflète sur la roche des falaises. La mer est calme, pleine de promesses. Les virages me donnent mal au cœur, mais nous sommes vite arrivés. Sara indique au chauffeur où il doit s'arrêter, puis elle lui tend des billets.

Nous sortons du véhicule, il fait presque nuit à présent. Nous descendons quelques marches menant à un petit chemin en pente, bordé de plusieurs maisons. Sara ouvre le portail de celle qui est la plus reculée, nous aboutissons dans un jardin. Des cactus et d'autres plantes grasses de part et d'autre d'une allée qui s'est éclairée toute seule, dès que nous y avons posé le pied. Sara fouille dans son sac, elle se retourne vers nous et nous dit qu'elle ne trouve plus la clef de la porte d'entrée. Elle est confuse et s'excuse, nous la rassurons en lui répondant de prendre son temps, elle ignore sûrement que nous avons tout le nôtre.

Rien ni personne ne nous attend. Nulle part.

Au bout de quelques minutes, elle sort triomphalement une petite clef argentée accrochée à un porte-clefs en forme de citron, où est inscrit *Posso fare il limoncello, CAPRI FOR EVER*. (« Je peux faire le limoncello, CAPRI POUR TOUJOURS. ») Sara ouvre la porte et nous avançons dans une entrée, d'où part un escalier en pierre blanche menant à l'étage inférieur. Elle nous montre une chambre sur la droite et deux autres à gauche, au bout d'un long couloir. Puis nous descendons : dans cette partie de la maison se trouve une autre chambre, un rideau épais fait office de porte, un peu plus loin une vaste cuisine aux carreaux en céramique bleue. Nous traversons ensuite une salle à manger, dont les murs sont peints en vert pistache et d'où l'on peut se rendre sur une grande terrasse.

Nous ne voyons presque rien dehors à cause de l'obscurité. Sara nous dit que les musiciens classiques pourraient s'installer en bas, ainsi que dans la chambre en haut à droite.

« Ils risquent de vous déranger car ils devront répéter dès le matin, sûrement très tôt... Vous serez plus tranquilles dans la chambre du haut, tout au bout du couloir, cela vous convient-il ? »

Nous lui répondons que cela sera parfait, sans savoir qui sont « les musiciens classiques » dont elle nous parle. Puis elle nous annonce qu'elle doit partir.

« Si vous avez besoin de quoi que ce soit, appelez-moi, je suis à votre disposition. »

Nous n'osons pas lui dire que nous n'avons ni son numéro de téléphone ni de portable à nous.

« Merci, nous n'hésiterons pas. »

La porte se ferme et nous nous retrouvons seuls dans cette maison inconnue.

CHANT V

Ada, au clair de lune

Je te suis tous les jours
fantôme, mon amour.
La douleur m'a fait forte
écorchée, demi-morte.

« Allons sur la terrasse. »

Il fait sombre mais je trouve de quoi nous éclairer dans un tiroir de la cuisine. J'allume une bougie, la penche pour laisser tomber la cire dans une coupelle, puis la fixe en son centre. Plusieurs chaises en métal sont disposées autour d'une table, nous nous asseyons pour écouter la nuit.

Un nuage passe derrière la silhouette d'une colline qui se découpe dans le noir, les grillons chantent. Nous demeurons silencieux tandis qu'une multitude de pensées flottent dans nos esprits. J'ignore si nous sommes en fuite ou si le destin nous a kidnappés.

J'ai tant rêvé de liberté qu'elle m'a prise dans ses bras, et je ne sais quoi en faire, à présent. Je porte le sentiment de quelque chose d'inachevé et ne me souviens plus de ce que j'ai laissé derrière moi. J'ai mal, à l'endroit du cœur. La sensation d'être une plante arrachée à la terre, il faut désormais vivre dans un vase dont on risque de ne pas changer l'eau.

Une voix de femme s'élève dans l'obscurité, nous apercevons son ombre à quelques mètres de nous :

Les étoiles sont si basses au-dessus de ma tête qu'elles semblent vouloir me couronner
Si je me levais de douleur – pour le jeu –
Je pourrais peut-être les toucher de ma main
Mais je n'en ai pas la force
L'air sent trop la rose blanche
Les roses et les étoiles se regardent fixement
Avec des yeux immenses de femmes fatiguées
Il y a si peu entre elles : un peu d'air, juste un peu d'air ; et elles ne peuvent pas s'embrasser
Il y a si peu entre moi et toi : un peu d'air, juste un peu d'air ; et je ne peux pas t'embrasser
Tu es caché mais ta vie appelle mes sens vigilants dans l'ombre
La mer est cachée mais son souffle emplit la nuit de toutes mes larmes[1].

La femme est à présent tout près de toi, j'ai du mal à voir à quoi elle ressemble. La flamme de la bougie

1. « *Notte di Capri* » d'Ada Negri.

trace une lueur orangée sur son visage, la lumière ne cesse de bouger à cause de la brise du soir.

« Ada. Ada Negri, bonsoir.

— Bonsoir, je suis P., et voici ma femme M. »

Je la salue puis lui demande :

« Faites-vous partie des musiciens classiques qui vont habiter ici ?

— Moi ? nous lance-t-elle dans un rire grave. Non, je ne connais rien à la musique. J'écris. J'écris de la prose et des poèmes, voilà la seule fonction que j'ai sur cette pauvre Terre… Je ne suis pas d'ici, je suis de là-bas. »

Elle pointe son doigt dans une direction indéfinie, puis s'assoit à côté de nous.

« Avez-vous quelque chose à boire ? J'ai besoin de me détendre.

— Nous avons trouvé cette bouteille d'amaretto dans la cuisine. Ce n'est pas vraiment le genre d'alcool que nous cherchions, pourtant depuis que nous avons commencé à en boire, nous nous sentons mieux.

— D'où venez-vous ?

— Tout est flou dans nos esprits… Mais après ces quelques verres d'amaretto, nous sommes tombés d'accord sur le fait que nous habitions à Paris avant d'arriver ici. Nous n'en sommes pas convaincus, quelques détails dans nos conversations nous ont néanmoins démontré que c'est certainement là d'où nous venons. Même si P. semble venir à l'origine d'un pays plus au nord…

— Oui, cela ne fait aucun doute… Je vous conseille de faire attention, ne vous laissez pas happer par l'île… Disons qu'on peut vite s'oublier ici. J'en suis partie il y a longtemps, mais mon esprit et mon corps n'ont cessé de rôder sur cette terre mystérieuse, depuis toutes ces années. J'ai pourtant essayé à maintes reprises de m'éloigner, en vain.

— Vous voulez dire que…

— Oui, c'est ce que vous pensez. Je suis venue la première fois à Capri en 1923 après un voyage en Sicile. Je me souviens de l'accueil triomphant qu'on me réserva. Le maire de l'époque, Edwin Cerio, avait organisé un lancer de fleurs pourpres sur moi, sur le seuil du plus fameux hôtel de l'île, l'hôtel Quisisana, c'était merveilleux !

— Notre arrivée s'est faite plus discrètement… Il faut dire que, dès qu'on pose le pied à Capri, on devient différent… Une sensation étrange… Sara est venue nous chercher à l'embarcadère et nous a conduits ici. Connaissez-vous Sara ?

— Non, je ne crois pas. Je ne parle plus à grand monde…

— Et les musiciens classiques qui vont habiter cette maison, les connaissez-vous ? »

Ada demeure silencieuse comme si elle n'avait pas entendu ma question. J'ai l'impression de voir des formes bouger sur le mur qui longe la terrasse ; pourtant, nous sommes tous les trois immobiles à la table, chacun plongé dans ses pensées. Les aboiements d'un chien retentissent au loin.

« Ma fille Bianca m'avait demandé de lui acheter un chiot pour l'anniversaire de ses cinq ans, nous habitions déjà à Zurich. Nous emmenions souvent Pipo, c'est ainsi qu'elle l'avait nommé, en promenade au bord du lac. Je garde de doux souvenirs de ce temps-là... Cela fait si longtemps que je n'ai pas vu ma fille Bianca, je ne sais pas ce qu'elle est devenue, ni où elle se trouve à présent. Bianca était ma petite fille chérie, ma muse... Je lui ai écrit de nombreux poèmes, vous savez. »

Je suis soudain traversée par une vague de tristesse. Je tente de croiser ton regard mais c'est comme si tu ne me voyais pas, tu es soucieux toi aussi, et cela me fait de la peine. J'essaye de comprendre d'où me vient ce manque terrible, sans parvenir à trouver de réponse. L'impression que mon cœur va s'arrêter tant il pèse lourd. Je ne perçois que la solitude de la nuit. Retrouver ce que j'ai perdu.

Ada nous demande :

« Viendrez-vous demain au spectacle qui va être donné dans le jardin de la villa Lysis, à l'heure du crépuscule ? Il y aura beaucoup de monde, j'ai entendu dire que Jacques et Nino mettront peut-être le nez dehors pour l'occasion. Je dois passer chercher une amie vers 18 heures à la villa Croce. La sculptrice américaine Edmonia Lewis se joindra à nous et nous ferons le chemin tous ensemble. Essayez de venir, nous n'assistons pas tous les jours à ce genre d'événement... Il paraît qu'un éminent professeur de Naples nous présentera sa dernière invention :

une machine pour communiquer avec les fantômes, nous risquons de bien nous amuser !

— Oui… Pourquoi pas… Nous ne connaissons rien ni personne sur l'île, peut-être Sara sera présente elle aussi… Nous pourrions essayer d'en savoir un peu plus sur la raison de notre venue ici. »

Ada fronce les sourcils.

« Il est parfois préférable de ne pas tout savoir. »

Elle se lève et s'éloigne dans l'obscurité.

Il se fait tard et nous n'avons rien mangé depuis notre arrivée, l'alcool me monte à la tête et je n'ai ni la force de cuisiner - de toutes les manières, les placards de la cuisine sont vides - ni de sortir au restaurant. J'aimerais savoir à quoi tu penses, je n'ose pas te le demander. Ton regard est perdu au loin.

« Qu'observes-tu ainsi ?

— Le reflet des moments à venir.

— De quoi parles-tu ?

— Ce qui va arriver prend d'abord forme dans le ciel. C'est encore flou. Brouillé… On peut tout de même distinguer quelque chose. Les nuages gris qui passent viennent ensuite donner une cadence à l'ensemble. On se perd dans l'immensité et on imagine le reste. J'ai remarqué que ces visions se révèlent souvent justes. Il suffit de détendre son esprit puis de se laisser aller…

— Avais-tu eu la vision de nous ici ?

— Pas vraiment, non. Mais je sentais que quelque chose allait se passer. Une plongée dans l'inconnu.

— Tu veux parler de cette liberté qui nous étreint, celle-là, concentrée, dont nous avons toujours rêvé ?

— Oui.

— Et cette liberté si vaste, si présente autour de nous, ne t'effraye donc pas ? »

Heureuse après la pluie
le temps enlacé à ma taille
je fais du hula-hoop dans mon esprit
dehors c'est la nuit noire
je m'enfonce comme si ça n'allait jamais s'arrêter
tandis que d'autres s'arc-boutent contre le mur.
La deuxième partie du mot désespoir n'est-elle pas espoir ?
Ne l'oublie pas, fille de l'ombre
tu fais du hula-hoop dans mon esprit
avec ton cœur qui bat fort
et tes yeux un peu trop bruns
tu t'éloignes déjà tandis que le noir passe au bleu
et que j'entends à présent les oiseaux qui s'éveillent.

CHANT VI

Dreams of long ago

Solitude en musique
jusqu'à moi, tu me sauves
mon amie, je t'entends.
Dieu existe : son souffle dans tes notes.

Nous n'arrivons pas à nous coucher. Sara ne nous a pas dit à quelle heure les musiciens classiques devaient arriver, ils risquent de nous réveiller au milieu de la nuit. Nous décidons de sortir et nous nous engageons en sens inverse, sur le petit chemin qui nous a menés ici.

J'ignore l'heure qu'il est, tout est si calme, la route est déserte. Nous avançons sans savoir où nos pas vont nous mener, guidés par un fil invisible, nous n'avons pas peur. La *piazzetta* est vide, les cafés sont fermés, les rideaux des boutiques sont baissés. L'éclairage des lampadaires plonge ce qui nous entoure dans une atmosphère irréelle, nous avons l'impression de faire partie d'une nature morte.

La voix d'un homme qui chante à quelques centaines de mètres, pourtant nous ne voyons rien. Cette chanson, il me semble l'avoir déjà entendue, elle me met dans un drôle d'état. Dans la solitude et le vent nocturne de l'île, je me souviens soudain qu'il y a une quinzaine d'années, à Madrid, nous venions de finir de jouer dans une salle de spectacle et que nous avions marché dans les rues obscures pour rentrer à l'hôtel. C'était une nuit au début du mois de juin, un jour férié. Nos pas résonnaient dans le silence, et une voix sortie d'on ne sait où avait commencé à fredonner une mélodie. La voix nous suivait et nous avions beau la semer, elle ne nous quittait pas.

Shadows are falling and I sit alone
Les ombres s'évanouissent et je reste assis seul
My heart recalling memories when you were my own
Mon cœur se souvenant du temps où tu étais mienne
Once more you press me
Une fois encore, tout contre moi
Two lips I adore
Deux lèvres que j'adore
Once more caress me
Me caressent une fois encore
As they did before
Comme avant
Dreams, just dreams of long ago
Rêves, juste des rêves d'il y a longtemps

Dreams of days that we both know
Rêves des jours que nous connaissons tous deux
Time can never change the past
Le temps ne pourra jamais changer le passé
You are mine in dreams until the last.
Tu resteras mienne en rêve, jusqu'à la fin[1].

Étrange d'écouter ce même air aujourd'hui, sorti de nulle part, sur cette terre qui nous ouvre les bras, dont nous ne connaissons rien.

Si l'un de nous se perdait ici, est-ce que l'autre partirait à sa recherche ? Je n'ai personne à part toi, les autres sont loin. Tous ceux que nous avons laissés derrière nous... Je ne veux pas penser à cela, pas ce soir, sinon la douleur reviendra.

Nous nous arrêtons à l'angle d'une ruelle.

« Regarde, le chanteur invisible. »

Il se tient droit comme un piquet, sa voix de ténor résonne sur les pavés. Il n'a pas l'air de nous avoir remarqués. Nous n'avons jamais rien entendu de semblable, c'est comme si tous les éléments se mettaient à parler ensemble. Vent. Pluie. Éclairs.

Il s'arrête soudain de chanter.

« Ne vous cachez pas ainsi, je vous vois aussi bien que si vous étiez juste à quelques centimètres de moi. Vous m'importunez à rester plantés là comme des imbéciles.

— Nous vous demandons pardon, Monsieur...

---

1. « *Dreams of Long Ago* », poème d'Earl Carroll, musique d'Enrico Caruso.

— Enrico ! Je suis Enrico, pas *Monsieur* ! Enrico Caruso. Ne faites pas semblant de ne pas me reconnaître, je ne supporte pas la fausse discrétion, je déteste l'hypocrisie par-dessus tout.

— Excusez-nous, Monsieur… Enfin, Enrico… Nous sommes profondément désolés, nous ne voyons pas grand-chose dans l'obscurité…

— Ta ta ta ta ta ta ta ! La lumière ? Mais de quoi me parlez-vous ? Ma voix… Ma voix est unique au monde ! Qui dispose d'une paire d'oreilles ne peut ignorer le grand Caruso. Vous êtes au courant qu'ils ont nommé un cratère de la planète Mercure *Caruso* en mon honneur, n'est-ce pas ? Et l'astéroïde 37573 Enricocaruso a également été nommé d'après moi… Cela n'a certes pas été fait de mon vivant, qu'importe… »

Il se détourne de nous en entamant une nouvelle mélodie. Il me semble naviguer dans un temps indéfini. D'abord Ada Negri, puis maintenant Enrico Caruso… Jacques Fersen… Edmonia Lewis… Je me demande si nous faisons nous aussi partie d'un monde perdu : celui des esprits qui tourbillonnent, sans trouver le repos. Capri nous recueille tels des naufragés, elle ne nous juge pas. Peu lui importe si nous sommes morts ou vivants. La ballade des esprits. Nous sommes les secrets qu'on ne révèle jamais. Il faut marcher sur la pointe des pieds, dans le silence de la nuit, pour nous apercevoir.

Caruso cesse soudain de chanter :

« Viendrez-vous demain au spectacle donné dans le jardin de la villa Lysis, à l'heure du crépuscule ?

— C'est étonnant que vous abordiez le sujet, quelqu'un d'autre nous a posé exactement la même question tout à l'heure. Nous pensions nous y rendre. Vous aussi ?

— Je déteste ce genre de fable mêlant musique et textes en vers libres. Mais je dois vous avouer que j'ai bien peu de distractions sur l'île... Je viendrai sûrement jeter un coup d'œil... Ne serait-ce que pour en dire du mal ! Tibère sera peut-être présent aussi et Curzio Malaparte ne rate jamais ces représentations en plein air. Il prend souvent des notes qu'il a pour habitude de donner aux interprètes, une fois leur travail terminé. Cette façon de faire peut sembler austère, pourtant c'est très instructif. J'ai moi-même conservé la plupart des notes qu'il m'a remises à chaque fin de récital.

— Étonnant, en effet.

— Bon, je vous dis à demain, je suis épuisé à force de chanter pour personne. Ne le prenez pas mal, mais c'est impossible de vous considérer comme un véritable public, cela se voit de loin que vous ne connaissez absolument rien à la musique. »

La silhouette de Caruso s'éloigne dans l'obscurité. Nous demeurons immobiles, ne sachant dans quelle direction nous engager pour continuer notre promenade nocturne.

Il est étonnant de se dire qu'on peut passer toute une vie à marcher à côté de quelqu'un. En parlant. En silence. Compagnon de route. Le chemin se prolonge, il faut juste nous y enfoncer sans avoir peur.

La confiance que l'on place dans une autre personne comporte toujours une part de risque.

Il m'est impossible d'énumérer précisément aujourd'hui le nombre de pays que nous avons traversés ensemble. Combien de salles de spectacle, de théâtres, de loges, de clubs, de scènes ? Depuis toutes ces années. Pourtant chaque fois que nous sommes en coulisse, juste avant de faire face au public, dans la pénombre bleutée par la lumière des sorties de secours, et que nous nous regardons, nous sommes les mêmes. Peu importe le lieu. Faire corps avec le moment présent, sans crainte. Sans regret. Et cette phrase que nous nous murmurons chaque fois à l'oreille avant d'entrer en scène : « Nous n'avons pas fait tout ce chemin pour rien, essayons au moins de nous amuser », nous devrions nous la dire à chaque nouveau jour qui passe.

Tu prends ma main, nous nous engageons sur la montée. Végétation endormie, ombres des branches dans la nuit, comme si nos pas donnaient le rythme. Nous nous approchons petit à petit du ciel.

Pas d'échappatoire
juste une longue, longue nuit
le portail est fermé
vagabonds en fuite

Nous voilà à nouveau
sur la via lo Capo

positif ou négatif
juste un vague trait bleu

Un esprit différent
sept yeux
nous courons à nouveau
sur la via lo Capo

Dans la villa les fantômes s'amusent
pendant que nous jouons nos chansons dehors
dans notre passé le présent nous appelle
dans notre futur nous ne faisions qu'un.

Grimper haut
paradis des marcheurs
chèvres endormies
sous une pleine lune scintillante

Nous voilà à nouveau sur la via lo Capo
cache-cache parmi les trois grands rochers
touche le mur
j'immobiliserai ton ombre
Nous nous aimons à nouveau sur la via lo Capo

Dans la villa les fantômes s'amusent
pendant que nous jouons nos chansons dehors
dans notre passé le présent nous appelle
dans notre futur nous ne faisions qu'un.

Je me demande si je suis en train de faire cette promenade nocturne en rêve avec toi ou si nous sommes ici, en ce moment même, en train de marcher main dans la main, sur ce chemin qui nous mène toujours plus haut. Nous nous racontons si souvent nos rêves que j'en viens à ne plus savoir ce qui s'est réellement passé.

Il y a quelques jours, au beau milieu de la nuit, j'étais dans un appartement qui était aussi un hall d'immeuble. Plusieurs étages. Il n'y avait pas de porte et je ne cessais de tomber, toujours plus bas. Heureusement, à chaque fois, je ne me faisais pas mal, je tombais sur différents lits et la chute était amortie. Tu avais disparu.

Quand on raconte son rêve au réveil, on ne peut s'empêcher de croire que celui qui vous écoute a les mêmes images que les vôtres en tête. On est persuadé que, s'il ferme les yeux, il se retrouvera, lui aussi, dans les mêmes lieux et atmosphères qui ont accompagné votre sommeil. Mais chaque rêve se vit seul et c'est sûrement pour cette raison qu'on cherche à les partager à tout prix. Nous sommes effrayés par l'idée que traverser un songe restera à jamais une expérience solitaire.

Suis-je en train de te raconter un rêve ? Ou bien est-ce toi qui me le racontes ?

Nous ne savions rien de nous-mêmes. Nous nous étions retrouvés à Naples, libres et perdus dans la ville, la nuit. Après une brève escale dans un palais en ruine, nous nous étions hâtés d'attraper un bateau qui nous avait menés à Capri. C'était la fin de la journée, nous voyagions les mains vides et nous n'osions pas nous parler,

était-ce juste par peur de nous réveiller et que notre rêve s'achève ?

Une femme inconnue était venue nous chercher à l'embarcadère, elle semblait pourtant nous connaître. Elle nous avait menés d'abord en taxi, puis à pied dans une grande maison, où nous devions loger.

La nuit était tombée, nous étions seuls dans cette maison, où nous attendions des musiciens classiques qui devaient arriver le matin suivant. Une femme nous avait rejoints sur la terrasse, elle s'appelait Ada Negri, c'était une femme de lettres, elle voulait boire un apéritif avec nous. Elle nous avait parlé de sa vie passée, des poèmes qu'elle écrivait et de sa fille Bianca, qu'elle n'avait pas revue depuis longtemps. Elle nous avait demandé si nous souhaitions aller le lendemain à un spectacle qui aurait lieu dans le jardin de la villa Lysis, au crépuscule, puis elle avait disparu.

Nous étions sortis de la maison, l'air était doux et nous avions marché dans les rues désertes. Une magnifique voix d'homme chantait une chanson, nous avions suivi la voix. L'homme était un grand chanteur d'opéra, mort depuis longtemps. Nous avions eu du mal à comprendre le sens de ses paroles, puis il nous avait, lui aussi, tenu au courant de la représentation du lendemain. Il viendrait, nous avait-il dit, en s'éloignant dans l'obscurité.

Nous nous étions pris par la main et nous nous étions engagés sur un sentier étroit qui montait, montait... Les senteurs de la nuit nous étourdissaient un peu, nous ne nous étions pas dit un mot.

Nous étions heureux et je ne me réveillerai pas.

CHANT VII

Dans la grotte

Rendez-vous au centre de la Terre
là où brûlent les joies et les peines
rien qu'une flamme qui danse
en attendant des jours meilleurs.

Nous sommes fatigués, mais ne voulons pas rentrer. Nous pourrions nous endormir dehors, à la belle étoile. Ou bien trouver un abri où nous reposer. En nous engageant par là, sur la sente qui grimpe le long du flanc escarpé, nous nous approchons de la mer qui s'étend à plusieurs centaines de mètres plus bas. Tu as remarqué un léger renfoncement dans la roche, il suffit d'y pénétrer, nous serons protégés. Avant d'entrer dans les profondeurs, je découvre que sur la roche brûlée par le soleil poussent le câprier et l'églantine.

Nous avançons dans un tunnel et pénétrons dans une grotte. Nous nous allongeons à même le sol, c'est humide et nous ne voyons rien, à part une fine ligne lumineuse dessinée par les rayons de la lune. Des stalactites décolorées et sèches surgissent dans la pénombre. Les sonorités sont différentes, le moindre bruit résonne très fort. Nous avons l'impression d'être à l'intérieur d'un amphithéâtre ovale, capable d'abriter toute une population.

Il est toujours difficile de trouver en soi les paysages qui aident à s'endormir, surtout quand l'esprit est en ébullition, comme il l'est à cet instant précis. Je pense à tous ceux que j'ai perdus, j'ai l'impression qu'il est trop tard et que nous avons échoué. Faire marche arrière.

Nous écoutons les paroles de la grotte, tels des enfants sages :

« N'ayez crainte, nous dit-elle, j'en ai vu d'autres depuis la nuit des temps. Les uns sont venus de façon régulière, baisant mes parois, glissant des prières de toutes sortes dans mes entrailles, chuchotant des mots que je n'oserais répéter. D'autres m'ont traversée une seule et unique fois, sans en garder la moindre nostalgie, le moindre regret. Qu'est-ce que vous imaginez ? Que vous êtes les seuls amants que j'ai bercés dans mes bras glacés ? Des corps nus et fiévreux, j'en ai vu par milliers, s'adonnant à des caresses ou à des jeux dangereux… Plus d'un y aura laissé sa peau. Tous ces cris de désir que j'ai écoutés avec patience, sans jamais me faire remarquer. C'était souvent la même mélodie désespérée, un regard vers l'extérieur, guettant l'ombre d'un amour perdu. J'ai caressé la vierge qui regrettait déjà l'étreinte, sous mes murs sombres et mouillés. J'ai perçu les râles d'hommes et les soupirs de femmes qui tous ensemble cherchaient à ne faire qu'un. Cela ressemblait à une armée de luxure. J'attendais que ça cesse, ne pouvant trouver la paix, hôte malgré moi d'une folie orgiaque. Vous ne m'apprenez rien, j'ai déjà tout vécu et, ce que je peux vous dire avec certitude aujourd'hui, c'est que j'en ai trop vu et que les prétendus délices de l'amour ne sont pas pour moi. J'aimerais pouvoir bloquer l'accès à mon entrée une bonne fois pour toutes. »

Le frôlement de tes doigts sur ma peau me donne de légers frissons, tes lèvres se posent sur les miennes, nous ne faisons plus qu'un. Heureux et cachés. Personne ne peut nous atteindre. Nous avons réussi à brouiller les pistes. Nous parvenons à entendre le grondement de la liberté, pourtant une douleur lancinante grandit. Comme un trou béant. Un manque. Nous nous demandons si nous ne pourrions pas troquer cette liberté contre autre chose. Qu'on nous rende ce que nous avons égaré en chemin.

Perdus dans la grotte, une mer illuminée dans toute sa profondeur, nous glissons à présent à l'intérieur d'une petite barque en bois, à chaque coup de rame nous avançons un peu plus. Nous ignorons si nous revenons vers ceux que nous étions ou si ce lieu sacré nous conduira vers ceux que nous deviendrons. L'atmosphère privée de pluie et de rosée transforme les fleurs les plus communes, comme si la flore menait ici une vie parallèle de celle à l'air libre. La végétation a elle aussi ses fantômes et ses spectres : il ne faut pas les brusquer et leur parler à voix basse.

Ne chante plus de chansons tristes. Écoute plutôt l'écho du clapotis sur l'eau : il nous parle d'hier et redonne vie aux murmures des disparus, ceux qui se promènent encore les soirs de pleine lune, lorsque tout le monde dort. Solitude rocailleuse. Quel tour nous a-t-on joué pour que nous nous trouvions ainsi, à présent ? Seuls parmi les coraux et les poulpes et les autres créatures marines, que nous peinons à distinguer dans cette pénombre argentée.

Parle-moi des nuits qui n'en finissent pas l'hiver, dans le pays d'où tu viens. Tu attends avec impatience la première lueur du jour, comme une délivrance. Tu marches, enfant, sur des chemins glacés, ignorant mon existence et moi la tienne, je ne suis pas encore née. Tu avances les mains dans les poches, te rapprochant un peu plus de moi à chaque minute qui passe.

Il suffit de nous endormir, nous chercherons demain la sortie de la grotte ; fermons les yeux, rien qu'un instant, avant que l'aube ne se dévoile.

CHANT VIII

Parmi les ruines

Pourras-tu me dire qui j'étais quand je ne serai plus ?
Pourras-tu me donner des indices ?
Je partirai à la recherche d'un début de printemps
toucher les bourgeons orphelins – preuve de mon existence.

Les ruines de la villa Jovis sont comme le labyrinthe de nos vies. Nous nous baissons de peur que l'on puisse nous apercevoir. Nous rasons les murs. Le premier rayon de soleil nous a conduits jusqu'ici, guidés par une force mystérieuse. Plus nous montions, plus nous avions l'impression d'être légers et de faire corps avec les éléments. Un papillon tacheté de points verts s'est posé sur ton épaule, il a pris son envol quand nous sommes arrivés en haut du sentier.

Nous courons et nous cachons derrière les pierres, pourtant personne ne nous suit. Cache-cache avec nous-mêmes. Campanules des murailles, alysses, hélianthèmes colorent les vestiges de plus de deux millénaires. La vie se faufile partout, même dans les plus fins interstices. Tibère hante le site de son rire gras, écho des hurlements de ceux qu'on jette des falaises.

Ne t'approche pas du *Salto di Tiberio*, tu risquerais de tomber.

Un esclave s'avance vers nous en courant :

« Tibère s'apprête à sacrifier un enfant
C'est en le suçant qu'il lui a mordu le gland
Déjà partout on pleure le jeune innocent
Les horreurs de l'empereur nous glacent le sang. »

Fermons les yeux, bouchons-nous les oreilles. Si Tibère se montre à nous, nous lui lancerons un jet de pierres. Je ne crains ni pour ma vie ni pour la tienne. Personne n'osera se confronter à nous, encore faudrait-il prouver que nous sommes vivants, et de cela rien n'est moins sûr. Grattons le sol comme deux terriers, peut-être trouverons-nous des trésors enfouis et des secrets fanés ? Que nos ongles se noircissent des années ensevelies, nous nous redresserons la tête haute, sans demander d'explications à ceux qui tentent de raccommoder la toile. Il est désormais trop tard pour cela.

Nous marchons à reculons en évitant de nous approcher du *Salto di Tiberio*, la vue que l'on a de la falaise nous donne le vertige. L'impression d'entendre les cris de tous ceux que l'empereur a précipités dans le vide. Allons nous étendre près des figuiers, nous y resterons jusqu'au crépuscule avant de nous rendre au spectacle.

Nous regrettons d'avoir oublié qui nous étions.

Il fallait se lever tôt, il faisait souvent nuit quand nous partions. Nous allions de ville en ville, les lieux se mélangeaient dans nos esprits, mais la routine était la même. Arrivée dans la salle en début d'après-midi, répétitions, repos, préparation. Souvent, nous dînions très tôt et déambulions à travers les coulisses, en attendant le moment d'entrer en scène. Je tombais de fatigue au fur et à mesure que le trac s'emparait de moi. Il y avait une sorte de logique. Un sens à cette vie-là, celui de la transcender : la musique nous portait ailleurs, dans un monde où les heures s'étiraient et se contractaient comme les mouvements d'un accordéon. Le temps ne passe pas, il se sculpte.

J'ai compris très tôt que rôder derrière la scène ou papillonner de loge en loge seraient mes seuls réconforts. Dans ces lieux, je porte en moi la conviction profonde d'être pour une fois au bon endroit. À ma place.

Nous avons beau nous échapper, errer parmi les mystères d'une île mythique, nous nous sommes égarés. Si on enlève les décors qui nous ont bercés depuis que nous nous connaissons, que reste-t-il de nous ? Deux personnes ne sachant où aller… Déboussolées. Tu ne peux même pas me dire ce que tu regrettes le plus et je n'en sais guère davantage. Nous nous interrogeons sans relâche, effrayés tous deux par cette liberté qui nous est tombée dessus, tel un oiseau de mauvais augure.

Nous tournons en rond au milieu des ruines, à la recherche de ce que nous avons été. Il nous faudrait faire le chemin à rebours, afin de trouver différentes pistes, celles qui nous mèneraient à nous-mêmes. Nous nous mettrions en garde sur ce qui pourrait advenir : ne rêvez donc pas tant à la liberté, quand elle vous fera face, elle vous ligotera avec ses tentacules gigantesques et vous ne pourrez plus vous échapper. La seule fuite possible sera intérieure, parmi des images et des souvenirs dont vous douterez. Le gris prédominera et des escaliers descendront toujours plus bas, ceux qui plongent vers des caves où l'on invente des jeux, enfants.

On se réveille plusieurs fois par nuit, le souffle court, le cœur frappe fort comme s'il voulait sortir :

« Libérez-moi, nous hurle-t-il, je ne veux pas rester à l'intérieur. »

On tente de le raisonner, ce pauvre ignorant.

« Un cœur n'est pas fait pour vivre à l'air libre, il s'arrêterait de battre, nous n'y gagnerons rien au change, ni moi ni toi. Un cœur, même s'il étouffe, se doit de rester là où il est. Ne serait-ce que par devoir. Tu ne veux pas devenir un assassin, tout de même ! Ne comprends-tu pas que, si tu me quittes, je meurs et vice versa ? Hors de mon corps, tu n'es rien. Tu existes uniquement grâce à moi. Apprends donc à dompter ta douleur, même aux heures creuses de la nuit. Comment crois-tu que je fais, moi ? »

Le cœur se calme un peu, il a compris qu'il est vain de se débattre. Il bat plus lentement, mais une tristesse s'empare de lui. Il a définitivement perdu espoir de voir la lumière. Il se sait condamné à l'obscurité jusqu'au restant de ses jours. De l'Isola Azzurra, il ne connaîtra rien.

« Je me promenais dans Rome à la nuit tombée, nous courions tous ensemble et nos rires s'élevaient vers les étoiles. Je leur montrais mes cuisses nues quand ils étaient gentils. Ils les caressaient et souvent j'avais l'impression que des dizaines de mains m'effleuraient. Je fermais les yeux et j'attrapais leurs baisers comme une assoiffée. Ah, jeunesse ! Quand Tibère m'a prise pour femme, moi, Julia Caesaris filia, je savais qu'il était encore amoureux de Vipsania Agrippina, cela ne présageait rien de bon. Après la mort de notre fils, tout s'est envenimé. Je le haïssais de plus en plus, chaque jour qui passait. De son côté, il aurait été capable de me tuer si je n'avais pas été condamnée à l'exil. Sa vengeance m'a conduite jusqu'ici, il me détestait tant que, même après mon dernier souffle, je n'ai pas trouvé le repos. Je suis condamnée à rôder pour l'éternité parmi les ruines de la villa Jovis. J'ai plusieurs fois essayé de sauter des falaises, c'était chose inutile, je suis déjà morte. J'ai entendu dire que le monstre assistera ce soir à la représentation que l'on donne à la villa Lysis. Moi qui n'ai aucune distraction et vis dans la peur et l'ennui, je ne pourrai même pas m'y rendre. Si nous nous croisons, un drame viendra, comme à chaque fois, gâcher la soirée de tout le monde. »

Sur son visage, encore beau, nous lisons la détresse. Ses cheveux sont emmêlés, elle est hagarde. Julia Caesaris filia se met à verser quelques larmes, puis arrache des chardons perdus parmi les mauvaises herbes, elle les porte à ses lèvres. La bouche pleine, elle continue de nous tenir un discours décousu, nous peinons pour saisir un seul mot. Elle postillonne, crache des morceaux de fleurs, elle les ramasse frénétiquement et les ingurgite à nouveau. Nous détournons le regard, écœurés. Des insectes nous piquent les jambes et nous courons au hasard. Fuir ce lieu maudit. Le soleil est à son zénith, il nous reste encore de longues heures avant la représentation. Trouver un endroit pour se protéger de la chaleur, en attendant le crépuscule. Un peu plus loin, il me semble entendre des voix de jeunes gens.

Nous apercevons, à quelques mètres de nous, une fille et un garçon enlacés, assis sous un pin parasol. Je reconnais Gino et Lucia. Nous nous dissimulons derrière un tas de broussailles, afin de ne pas nous faire remarquer.

Elle a la tête posée contre son épaule :

« Ils n'accepteront jamais que je vienne à la villa Lysis ce soir, ils ne cessent de me répéter que c'est un endroit de débauche et que je n'ai pas intérêt à m'en approcher.

— Tu n'es pas obligée de leur dire…

— Sortir juste avant le dîner, c'est impossible, ils me l'interdiront. Non, tant pis, vas-y seul…

— Si tu ne viens pas, je n'irai pas non plus, voilà. Je traînerai près de la *piazzetta* comme d'habitude, en attendant que les *cafards* repartent en bateau.

— Tu penseras à moi ?

— Oui. »

Le couple s'embrasse puis se lève. Ils s'éloignent collés l'un à l'autre en redescendant la via Tiberio, vers le parco Astarita. Nous sortons de notre cachette peu de temps après et nous engageons dans la même direction, en nous assurant de garder une centaine de mètres de distance entre eux et nous.

L'écume des rêves remonte souvent à la surface, et il n'est pas rare de croiser au hasard ceux qui ont habité nos songes et qu'on croyait perdus à tout jamais. Nous nous demandons si Gino et Lucia sont des mirages, des résidus de nos rêveries, ou si nous sommes en train de les suivre.

Je me souviens de la dernière page d'un livre qui était ainsi :

« En es-tu absolument certain ? demanda-t-il.

— Aussi certaine que cette intuition : ni la réalité d'une nuit, ni même celle de toute une vie humaine ne peut signifier notre vérité la plus intime.

— Et il n'y a pas de rêve, soupira-t-il doucement, qui soit totalement un rêve[1]. »

Gino et Lucia ont disparu.

Nous arrivons à parco Astarita. C'est un vaste parc à la végétation luxuriante, qui offre, avec toutes

1. *La Nouvelle rêvée* d'Arthur Schnitzler.

ses terrasses en hauteur, une vue panoramique sur la mer et l'horizon. Nous cherchons partout du regard le couple d'amoureux. Aucune trace d'eux. Nous nous asseyons sur un banc ombragé, devant un parapet en métal. Le vert des collines et le bleu insolent de l'eau nous font face. Tu me caresses la tête. Restons ici jusqu'à ce soir, cachés de tous et invincibles.

Le chemin mène quelque part
où nous n'avons jamais été
sur ton visage
une lumière jamais vue encore
elle abrite deux enfants qui attendent la nuit

Les prisonniers se sont enfuis
ils sont hors d'atteinte à présent
tous les châteaux de sable
tous les héros dans mon esprit
ressuscitent quand je prononce ton nom
hier est de retour

Le mage chinois s'était trompé
ma main gauche avait tendance à mentir
cela m'a pris si longtemps pour comprendre
que nous étions l'endroit et le temps que j'ai toujours cherchés.

Le ciel se couvre de nuages épais, le vent souffle et nous sentons quelques gouttes de pluie tomber sur nous. Tu me dis que ça va bientôt s'arrêter.

« Regarde un peu plus loin, c'est complètement dégagé par là-bas. »

Tant d'heures à guetter ce qui va arriver après, comme si l'existence se résumait à attendre le moment suivant, afin de s'assurer que l'on traversera d'une façon ou d'une autre le présent.

En empruntant un autre chemin, nous marchons pendant près d'une heure. Nous descendons et remontons des centaines de marches sous la bruine. J'essaye de compter tous ces sentiers qui se croisent : en haut, la montagne ; en bas, l'eau. L'air est chargé des senteurs des bouquets de pins mouillés par la pluie. La lumière et l'atmosphère dans lesquelles sont plongés tous ces rochers sont si différentes que quelques heures plus tôt. J'observe la campagne à perte de vue, et la mer qui s'étend de toutes parts devant nous. J'ai l'impression que la péninsule de Sorrente et la côte Amalfitaine nous espionnent de loin. Deux silhouettes errant dans Capri, parmi les fantômes... Nous avons l'impression de les entendre glousser.

La villa Malaparte se dresse sur la pierre, fière et solitaire. Le jour où il a commencé à faire construire une maison, l'écrivain était loin de se douter qu'elle serait comme sa propre réflexion dans le miroir.

« Une maison comme moi, disait-il. Froide, dure, sévère. »

Il nous semble apercevoir Curzio Malaparte faisant des tours de bicyclette sur sa terrasse, son chien Febo le suit en aboyant. Il lève la tête vers nous et nous adresse des signes de la main. Il crie, mais il nous est impossible de le comprendre, le vent emporte au loin ses paroles. Nous tournons nos paumes vers le ciel en haussant les épaules pour lui signifier que nous ne l'entendons pas. Il recommence à nous mimer une scène avec de grands gestes, puis sort quelque chose de sa poche, avant de se baisser au sol.

Quelques secondes plus tard, nous lisons sur le toit de la villa, écrit à la craie rouge :

NOUS NOUS VERRONS AU CRÉPUSCULE POUR LA REPRÉSENTATION DANS LE JARDIN DE LA VILLA LYSIS. L'ORAGE GRONDE, MAIS S'ÉLOIGNE, JE SUIS OPTIMISTE, LE SPECTACLE AURA BIEN LIEU. À TOUT À L'HEURE. C. M.

Les années se confondent dans ma tête. Je me souviens qu'elles s'empilaient les unes sur les autres et qu'au fur et à mesure la pile était si haute que je n'arrivais plus à y déposer les dernières années passées…

Je te connais depuis toujours.

Je me suis procuré une échelle, tu avais peur que je tombe quand je grimpais dessus. Une année sous le bras, je parvenais non sans mal à la faire tenir sur les autres quand je la plaçais sur la pile. Puis l'échelle est devenue trop courte, j'ai commencé à laisser traîner au sol une année, puis une autre. Tout s'est brouillé dans mon esprit… Désordre.

Je butais contre tous ces morceaux de temps par terre, j'ai même failli me casser le pied un jour. Hiver, printemps, été, automne, l'éternel recommencement

me procurait un sentiment étrange, celui de courir après quelque chose qui n'était pas encore arrivé. Je lançais le lasso pour tenter de freiner les saisons, elles se moquaient sans cesse de moi car je manquais ma cible à chaque fois. Et les saisons défilaient, toujours les mêmes, toujours plus vite... Le présent est devenu futur, le futur passé, et le passé perdu dans les limbes de ma mémoire qui tentait en vain de tout enregistrer, de tout retranscrire par écrit... Mais c'était peine perdue.

Si nous allons par là, nous aurons une vue imprenable sur les Faraglioni, suis-moi. Ils ne subissent pas, eux, le poids du temps qui passe. Immuables, ils se dressent fièrement au-dessus des vagues, indifférents à tout, et à tous. *Stella*, *Faraglione di Mezzo* et *Scopolo*, éternels camarades. Roches verticales et solennelles, donnant à l'eau qui joue autour d'elles des reflets d'émeraude dans les zones d'ombre et dorés lorsque les rayons du soleil se cognent à sa surface. Nous nous recueillons devant l'arc qui perce le plus grand de ces triplés, solitude du vide qu'on rêverait de traverser.

Une personne minuscule avec un ventre proéminent, vêtue d'une salopette élimée et d'un chapeau brodé de fleurs, s'approche de nous.

L'ELFE :

Ne tentez pas d'attraper ce qui s'échappera toujours. Les anges déposent des pétales au sol qu'il faut apprendre à repérer parmi la terre et les insectes, ainsi vous trouverez le chemin qu'il vous faut emprunter. Vous avez entendu parler du spectacle donné ce soir à l'heure du crépuscule dans le jardin de la villa Lysis... Vous ignorez encore que vous êtes les principaux personnages de l'intrigue et je me dois de vous l'annoncer. Seuls vivants parmi les esprits qui hantent l'île, nous vous attendions depuis si longtemps... Nous pensions que vous ne viendriez plus. Comme les heures sont lentes ici, depuis que la vie nous a désertés ! Nous nous retrouvons encore de temps en temps chez l'écrivain et médecin suédois Axel Munthe, Fersen ou Tibère, parfois même à la villa Croce où Sir Henry Wreford, le grand journaliste et critique d'art anglais, nous accueille toujours les bras ouverts. Quel homme merveilleux ! Humaniste, généreux, il a tant fait pour l'île... Mais il faut dire que plus rien n'est pareil qu'avant ; mes maîtres, qui avaient leurs habitudes parmi les ruines de la villa Jovis, m'ont abandonné un jour, sans même me laisser un mot d'au revoir, ni me tenir au courant d'où ils allaient. J'ai pleuré durant tout un été, interrogeant les fleurs et les oiseaux, les clairs de lune, les étoiles, personne ne savait rien. J'étais à la fois devenu libre et triste. Mon cœur, sombre et malade. Au bout de quelques années, j'ai repris du poil de la bête comme on dit, je me plaisais bien dans l'île. Une fois les hordes de touristes parties en fin de journée, les rêves sont tous permis jusqu'au petit matin. Voilà des semaines que j'entends parler de ce couple de musiciens qui doit venir nous présenter une fable en musique, sous les rayons de la nouvelle lune. C'est donc vous ?

Je ne vous imaginais pas ainsi. *(Il rit.)* Vous semblez perdus, confus... Plongés dans des souvenirs qui ne cessent de s'esquiver... Non, franchement, je vous pensais plus robustes. Plus charismatiques. On m'a raconté que là d'où vous venez vous tourniez de ville en ville, est-ce donc vrai ? Nous attendons tous depuis si longtemps ce moment que je crains, en vous découvrant à présent, d'être déçu quand vous serez sur scène plus tard. Serez-vous vraiment à la hauteur de la tâche ? Avez-vous bien appris votre texte ? Tout est une question de rythme, nous pourrions répéter ensemble, si cela vous dit. J'aimais jadis à former les troupes et, sans me vanter, je dois dire que j'ai même eu plus d'une fois de grands succès. Vous comprenez, j'ai l'âme d'un auteur et d'un metteur en scène. J'ai écrit de nombreuses pièces... Malheureusement, c'était dans une autre vie... Mais attendez, je viens de me souvenir que quelqu'un a besoin de moi chez la marquise Luisa Casati, à la villa San Michele, nous nous verrons ce soir et aurons tout notre temps pour converser plus longtemps.

(L'Elfe sort.)

Nous, les principaux acteurs de la pièce qui va être jouée ce soir !

Personne ne nous a donné le moindre texte, ni partition afin que nous puissions répéter. N'est-ce pas là le pire des cauchemars ? Assurer un spectacle dont on ignore tout.

Sara nous aurait-elle parlé de quelque chose que nous aurions pu oublier ? Devons-nous jouer avec les musiciens classiques ?

Nous n'avons pas le temps d'inventer des personnages, ni d'écrire quoi que ce soit, il nous reste à peine quelques heures avant le coucher du soleil.

Nous serions un couple perdu sur une île mythique.

Vagabonds ayant tout quitté, errant sous la pleine lune, à travers des collines mystérieuses et riches d'un passé flamboyant. Les esprits de fameux personnages ayant séjourné sur l'île viendraient à notre rencontre pour dialoguer avec nous.

À certains moments, des chansons remplaceraient des paroles inutiles.

Une séance de spiritisme à la belle étoile.

Frontière de plus en plus mince, presque imperceptible entre rêve et réalité, vivants et morts.

Ce spectacle, nous l'aurions écrit et composé dans nos têtes, mais nous aurions été certains de l'avoir joué toute notre vie. Nous saurions quoi dire, quoi faire, guidés par une force inconnue.

Le public serait conquis et nous reviendrions plusieurs fois sur scène pour saluer.

Un triomphe qui aurait vaincu toutes les barrières du temps et des langues, accessibles à tous ceux qui savent fermer les yeux et se laisser aller.

Vous pouvez compter sur nous. Nous serons là quand le crépuscule s'approchera, nous vous distrairons et vous ferons oublier la solitude du monde des morts. Le passé et le présent se donneront la main ce soir, et nous jouerons à cache-cache avec ce temps qui ne cesse de passer.

À chaque pas, nous avançons vers nous-mêmes. Deux personnes que nous avons délaissées quelque part se dirigent vers les personnages qu'ils doivent endosser.

CHANT IX

Une lettre

L'Indiana à la surface d'un rêve, peut-être un souvenir
le jour se lève, il fait déjà froid.
Silhouettes du passé
sur le quai de la petite gare qui n'existe plus.

Capri, 17 septembre XXXX

Tu dois peut-être trouver absurde que je t'écrive encore, après toutes ces années... Pourtant j'envoie mes mots au ciel, gardant l'espoir que tu les liras un jour.

Depuis presque vingt ans, je redoute l'arrivée du printemps (c'est pourtant l'automne qui s'approche à présent) et son écume qui laisse à chaque fois mon cœur aussi vide qu'une coquille sur le point de craquer.

Où es-tu dans cette immensité ? Je t'imagine en train de flotter dans l'espace. Heureux.

Il est étrange de se rendre compte qu'on n'oublie rien, comme si on portait un tatouage sur la peau qu'on aurait beau gratter, qui ne s'effacerait jamais. Et pourtant l'amour renaît, j'en ai la preuve. J'aime à présent d'un amour lumineux. Paisible. Rien à voir avec les tourments de notre histoire qui continuent à me hanter, un quart de siècle plus tard… Je me dis parfois que c'est toi qui as placé ce nouvel amour dans ma vie quand tu t'en es allé pour l'éternité, comme une dernière preuve d'amour que tu m'aurais faite.

Pas un jour ne passe sans que je pense à toi, sans t'apercevoir quelque part : dans un nuage ou sur une fleur, dans le sourire d'un enfant… Et surtout dans ces moments que je préfère et redoute par-dessus tout, quelques secondes avant de monter sur scène. Fraction de temps où la réalité se mélange à la fiction et qu'il faut se confronter au public. Jamais je ne te sens aussi présent que dans ces instants-là.

Me voici à Capri. Je ne crois pas que tu y as mis les pieds, mais peut-être te balades-tu maintenant parmi les ruines et les buissons ? Les fantômes sont heureux ici, ils se promènent en toute liberté, sans craindre d'effrayer ceux qui vivent encore. La vie et la mort se côtoient en toute simplicité, c'est léger sans être superficiel. Je pense que ça te plairait et que tu pourrais laisser traîner ton esprit un de ces quatre par ici.

Je me retrouve chaque jour devant la page blanche, retardant le plus longtemps possible le moment où il faudra sauter dans l'eau froide, et j'ignore encore ce qui me pousse à le faire. Un stylo dans ma main gauche, je débute le voyage. Peut-être l'écriture m'aide-t-elle à revenir vers ce que j'ai perdu, ou tout simplement me force-t-elle à aller vers moi-même ? Pour l'instant, j'ai donné comme titre « Numéro 4 » à ce nouvel ouvrage, sur lequel je travaille depuis quelques mois. Je ne sais pas encore où tout cela me mènera. Je marche, je titube au bord des falaises de l'île. J'aimerais réussir à parler d'une histoire d'amour, d'un couple en fuite dans un songe afin de survivre, ou bien est-ce la réalité ? Les pistes sont brouillées… Tout est encore obscur dans ma tête. Je me mets au travail chaque matin, sans me poser de questions. D'une manière générale, j'ai remarqué qu'il ne fallait pas se poser de questions pour être capable d'avancer. Un questionnement trop poussé paralyse et fait perdre confiance, mieux vaut faire des erreurs, être toujours en mouvement.

Je n'ai pas l'impression d'avoir beaucoup changé de caractère depuis l'année de mes seize ans, quand nous nous sommes rencontrés pour la première fois. Pourtant, je ne suis sûrement pas tout à fait la même. Les années façonnent les personnalités de façon subtile, sans que l'on s'en rende vraiment compte. J'aimerais être devenue quelqu'un de plus courageux, mais je n'aurai jamais la preuve de ce progrès.

Je n'aime pas presser tellement fort ma solitude, comme si c'était un tube de peinture desséchée, pour qu'il en sorte ces traces indélébiles sur le papier.

J'en reviens à l'histoire que je suis en train d'écrire (je ne sais pas si elle t'intéressera…). J'ai donc voulu mettre en scène un couple qui s'est échappé de sa propre vie – on ignore à quoi elle ressemblait exactement – les deux personnages découvrent une si vaste liberté que cela fait naître en eux des angoisses métaphysiques. Ils ont du mal à se souvenir d'où ils viennent. De temps en temps, des bribes du passé les étourdissent, mais ces visions demeurent, pour la plupart, floues. Ils déambulent dans Capri, seuls et perdus, et ne cessent de se heurter au temps passé, à travers les diverses rencontres qu'ils font… Presque tous des fantômes. Un spectacle sera donné à la tombée de la nuit, dans le jardin de la villa Lysis, où habitait le baron Jacques Fersen, personnage emblématique et décadent. Un elfe les prévient que c'est en fait eux qui en sont les principaux interprètes… Bref, tout cela doit te sembler bien confus, pourtant je crois savoir où je vais.

L'arrivée de l'automne est agréable mais me provoque un certain vertige. Septembre. Le sentiment qu'il va falloir être à la hauteur des mois à venir. Je me demande si dans l'endroit où tu te trouves les saisons sont les mêmes. Fait-il chaud ? Ou froid ? Ni l'un ni l'autre, peut-être… J'ai l'impression que la seule manière de traverser son existence est de constamment chercher l'enfant ou l'adolescent caché en soi. Si l'on ne parvient pas à ne faire qu'un, de temps en temps, avec ce que l'on a été, alors c'est comme si on était à moitié vivant. À moitié habité. L'autre partie de soi éteinte pour l'éternité.

J'ignore encore comment s'achèvera l'histoire que je suis en train d'écrire, mais je vais essayer de puiser en moi la force nécessaire pour la terminer. Au fur et à mesure que les jours raccourcissent, j'approche de la fin. Quand il fera vraiment sombre, j'aurai terminé.

Je suis parvenue à disséquer presque toutes les heures de ma vie dans mes carnets. Comme un long livre. Des milliers de pages que je relis régulièrement, prenant une année au hasard, puis une autre. Le style neutre que j'emploie depuis le début est dénué de tout sentiment. C'est ma vie telle qu'elle est. Et cela n'a guère d'intérêt pour quelqu'un d'autre que moi, qui éprouve une certaine curiosité à retrouver tous mes moi successifs.

Tu es apparu dans un rêve que j'ai fait il y a peu de temps. Tu devais avoir vingt ans, tu n'avais pas changé, et nous marchions dans la campagne, le long d'une voie ferrée. C'était l'été. L'herbe était brûlée par le soleil et nous avions très soif. Je ne cessais de te demander quand nous allions nous arrêter pour boire, tu ne me répondais pas. Tu avançais sans même me jeter un regard. J'avais envie de pleurer mais aucune larme ne sortait. Il y avait toutes sortes d'insectes qui volaient autour de nous, nous essayions de les chasser avec nos mains, mais ils étaient de plus en plus nombreux. Tu as commencé à fredonner un air qui ressemblait à une berceuse, tu la chantais d'une drôle de manière, presque comme si tu hurlais : ton visage était tendu et ton regard dur. Tout à coup, nous avons entendu le bruit d'un train qui arrivait. Tu as cessé de chanter puis tu m'as regardée droit dans les yeux, en me disant :

« Dans ma tête, j'ai fait tous les voyages du monde, pourtant l'ailleurs, celui dont on parle si souvent, je ne l'ai jamais trouvé. »

Puis je me suis réveillée.

CHANT X

Déambulations

L'eau n'a pas été vidée aujourd'hui
absorbée par La Quatrième Dimension *de Maeterlinck*
noyade dans un univers fini mais sans bord
ne pas perdre de vue le rivage, écrire dans sa tête.

Le soleil descend sur la baie de Naples, il colore le ciel d'une teinte orangée. Il a cessé de pleuvoir. Nous avons fait demi-tour et allons bientôt atteindre le croisement entre la via Tiberio et la via lo Capo. Nous n'avons pas retrouvé Lucia et Gino, et nous demandons s'ils seront là tout à l'heure, pour nous applaudir.

J'ai l'impression de connaître mon rôle, mais certains passages m'inquiètent. Nous avons beau avoir fait plusieurs italiennes tout à l'heure, l'ensemble manque de fluidité, j'ai peur d'avoir des trous de mémoire. Je maudis l'Elfe de nous avoir prévenus si tard… Si nous avions eu plus de temps pour nous préparer, nous ne nous sentirions pas aussi nerveux.

Les parties musicales ne posent pas tant de problèmes, il faudra juste s'assurer d'avoir le bon matériel sur scène et surtout que les musiciens classiques soient dans le rythme. Une journée de répétition, rien qu'une seule, aurait été la bienvenue. Sara aurait pu nous tenir au courant, puisque tout le monde sur l'île attend ce spectacle de pied ferme… Quel guet-apens. Et nous, qui nous pensions libres depuis notre arrivée, sans avoir à rendre de comptes à personne… C'est rtoujours ce à quoi on ne s'attend pas qui finit par arriver.

Un oiseau de petite taille se pose sur ton épaule. C'est un rouge-gorge, tu caresses son aile de ta main droite.

Quand le matin pleurera ton nom
les esprits seront là autour de toi
regarde les fleurs sur la colline fiévreuse
tous les au revoir au bord de la route
il y a une raison à cela.

Quand tu marches à mes côtés
à travers ces couloirs de brume
j'arrive, haletante, près de ton cœur
au moment où tu te détournes de moi
il y a une raison à cela.

Lève-toi et parle
Nous voilà à nouveau en vie
Ramène-moi le soleil de l'île.

Quand le matin pleurera ton nom
la foule sera aveugle
si tu cherches un ami ce soir
mais que personne ne te répond
il y a une raison à cela.

Quand les âmes volent bas
les fées des roches sont en retard
tu t'éternises dans ton sommeil
regarde, les fantômes sont à nouveau là
il y a une raison à cela.

Le rouge-gorge siffle. Il reste accroché à ton épaule, tandis que nous avançons. Il t'a adopté.

Nous nous regardions sans savoir comment remédier à la situation. Comme si nous courions sans cesse, sans pouvoir nous approcher l'un de l'autre. Un tourbillon avait pris le dessus et nous ignorions comment parvenir à nous en échapper. Les journées se succédaient, un long couloir sans fin. Il n'y avait jamais d'interruption et nous avions l'impression d'avancer tels des automates. Seuls.

L'unique chose qui avait de l'importance, c'était écrire. Écrire dès que je le pouvais, pour conjurer le sort. Pour rendre palpable la claustrophobie qui s'emparait de moi et que je devais taire. Écrire ne me faisait pas du bien, écrire me tourmentait, mes nuits devenaient encore plus blanches qu'elles ne l'étaient déjà. Je savais que je n'avais pas le choix, il fallait s'échapper avec des mots. Tu me disais : « Si cela te met dans un tel état, pourquoi écris-tu ? Personne ne t'oblige à rien. » Je ne savais pas quoi te répondre, je disais simplement : « C'est comme ça et pas autrement. J'aimerais ne pas ressentir ce foutu besoin d'écrire. Je n'aime pas la personne que je suis quand j'écris, mais c'est comme si une force inconnue me poussait à continuer. » Tu me regardais et dans tes yeux je lisais une certaine désolation. Tu me plaignais de m'infliger cela inutilement.

Je marchais dans les rues grises, la plupart du temps avec les enfants, et des phrases défilaient dans mon esprit, des mots placés les uns après les autres que je m'efforçais de répéter plusieurs fois, afin d'être capable de les noter plus tard.

La nuit, c'était la même chose, j'écrivais dans le noir quand des phrases ne me laissaient pas tranquille. J'avais toujours de quoi écrire près du lit, mais le matin, j'étais souvent incapable de me relire. Être en perpétuelle lutte avec moi-même faisait de moi un être toujours aux aguets, incapable de trouver la paix intérieure.

Nous arriverons à interpréter nos rôles, n'aie pas d'inquiétude. Ils nous écouteront tous. Attentifs. Nous essayerons de les captiver du mieux que nous pourrons, cela fait si longtemps que personne n'a pris la peine de leur donner quelque chose. De s'intéresser à eux.

Les esprits tournent en rond, prisonniers de Capri qui les a recueillis un jour. Ils ne cessent d'attendre, sachant pourtant que rien ni personne ne viendra les délivrer. Condamnés à rester ici pour l'éternité, ce n'est certainement pas nous, pauvres troubadours que nous sommes, qui allons les sauver. Nous voilà impuissants, ignorants, nous aussi, de quoi demain est fait. Notre destinée est-elle de continuer à errer sur l'île pour toujours, en traçant des ponts invisibles entre le monde des morts et celui des vivants ? Nous n'imaginions pas notre liberté telle qu'elle se présente à nous aujourd'hui. Elle porte le visage de l'incertitude. Elle nous enferme de ses longs bras maigres, ils ont la fraîcheur d'une source.

La végétation qui borde la via lo Capo nous offre des visions aussi belles que menaçantes. Ombres parmi les ombres, sommes-nous toujours en vie ? Ou nous a-t-on déjà arraché nos âmes pour les clouer sur les maisons de pierre qui longent le chemin ? De grandes fenêtres sont ouvertes sur les terrasses, le vent chatouille les rideaux en tissu léger. Le lourd silence qui nous entoure est interrompu à intervalles réguliers par le bruissement des feuilles sur les arbres. Un peu plus loin, un paysan travaille son potager, il chante une mélodie en remuant la tête.

Seuls
toujours seuls
nous avançons au crépuscule
qui serons-nous
quand tout le monde sera parti ?
Roi de la nuit
reste encore un peu
avec moi.

Nous appelons l'Autre en silence mais il a disparu
tant de journées à tourner autour de nous-mêmes en imaginant un ailleurs
plus d'île, plus d'océan du manque.
Où sommes-nous ?
Invisibles et cachés
l'aube sans lumière s'éteindra bien un jour.
L'herbe et la branche se disputent le début de saison
j'étais là avant toi, dit l'une
la vie sur moi est revenue la première, dit l'autre
nous frôlons le tapis gras et vert
et apercevons déjà le bourgeon qui pointe sur la tige
pourtant c'est le mois de septembre.

Un homme d'une cinquantaine d'années, avec un beau visage bronzé et des yeux verts translucides, s'approche de nous, il nous tend la main :

« Vous êtes donc venus ? Tout le monde vous attendait, certains craignaient que vous nous fassiez faux bond… Quelle joie de vous découvrir en chair et en os ! Les photos de vous qui circulaient sur l'île ces derniers temps étaient trompeuses… Je ne vous imaginais vraiment pas comme ça… »

Il se met à tourner autour de nous, en nous scrutant.

« Vous êtes beaucoup mieux en vrai ! »

Je lui souris.

« À qui avons-nous affaire, Monsieur ?

— Giuseppe Atorci, pour vous servir. »

Il se courbe devant nous.

« Je suis le patron de l'épicerie qui se trouve un peu plus bas. Je suis né à Capri il y a longtemps et, ma foi, je crois que je mourrai ici. J'ai dû traverser toutes sortes d'épreuves depuis ma naissance, mais quelque chose de plus fort que moi m'attache à ma terre natale. J'ai grandi dans la plus grande pauvreté, mon père était berger et ma mère faisait de la couture. Je suis le troisième d'une famille de six enfants. Quand j'étais petit, il n'était pas rare que nous n'ayons pas de vrais repas pendant plusieurs jours, mes frères, mes sœurs et moi mangions à tour de rôle, car il n'y avait jamais assez pour tout le monde. Depuis mon plus jeune âge, j'ai senti les regards se poser sur moi : on disait que j'avais un visage d'ange et des yeux aussi beaux que les plantes les plus sauvages. J'ai grandi en étant constamment admiré pour mon physique. À l'adolescence, j'ai bien compris que ni les femmes ni les hommes ne restaient insensibles à moi, on se retournait en permanence sur mon passage. Je me suis vite dit qu'il fallait faire quelque chose de ce cadeau que la nature m'avait donné et que, si j'étais malin, je pouvais profiter de mes avantages pour fuir la misère que j'avais toujours connue. Et voilà qu'à partir de l'âge de quinze ans je me suis mis à traîner aux terrasses des cafés de la *piazzetta*, en attendant qu'on me remarque. Je dois vous avouer que je n'ai jamais attendu bien longtemps… À peine je m'installais quelque part qu'on commençait à me parler, surtout les riches touristes. Ils venaient de partout, Angleterre, Allemagne, États-Unis, France,

Belgique… On m'offrait à boire, on me nourrissait, on me flattait. Un nouveau monde s'est ouvert à moi : après-midi passées à bord de yachts luxueux, dîners dans les restaurants les plus chics de l'île, achats dans les boutiques les plus chères. On me traitait comme une poupée en porcelaine et c'était une mise aux enchères pour savoir qui d'entre toutes ces riches personnes me gâterait le plus et gagnerait mon cœur. Je me laissais faire sans choisir un protecteur ou une protectrice, j'aimais ma liberté. Quand je me retrouvais seul, je me sentais honteux de m'abandonner à ce genre de trafics pour vivre, pourtant, au début, je gardais fièrement le contrôle de mon corps, personne n'obtenait rien de moi. Je me plaisais à les voir tous assouvir le moindre de mes désirs, et continuer à espérer quelque chose en retour… J'arrivais souvent à obtenir de l'argent liquide, en prétextant que j'avais perdu le mien. J'en donnais une partie à ma famille et je gardais le reste précieusement caché dans une armoire, sous une pile de vieux tissus. Je m'étais mis en tête de m'en sortir coûte que coûte. Mais je m'ennuyais beaucoup, perdu au milieu de personnes qui venaient d'un autre monde que celui où j'avais grandi. Je trouvais leurs conversations futiles. Ils n'étaient jamais satisfaits, voulaient toujours plus, sans se contenter de ce qu'ils avaient déjà. Ils disaient du mal les uns des autres, se moquaient de ceux qui étaient moins fortunés qu'eux. C'était une surenchère pour tout. Je côtoyais de grands banquiers, des comtesses, des marchands d'armes, des politiciens, des producteurs, des stars de cinéma, des rentiers… Certains de ces personnages étaient intéressants et cultivés, et il arrivait parfois que je m'amuse, malgré tout. Mais je ne pouvais jamais être moi-même. Tout le monde s'émerveillait à mon passage et j'obtenais en quelques minutes ce dont quelqu'un aurait rêvé durant des années. Je finis par être blasé par toutes ces faveurs, tout ce luxe déployé devant moi. Je me suis mis à donner mon corps à ceux et celles qui m'offraient le plus d'argent. Je souffrais, j'avais les idées noires et souvent des pensées suicidaires. J'avais perdu le goût de tout, je buvais, me droguais, je me prostituais nuit et jour. Les habitants de l'île, qui me connaissaient depuis toujours, se moquaient de moi, m'appelaient "le gigolo mélancolique" derrière mon dos. On riait de moi, on me lançait des ordures au visage. J'étais devenu l'ombre de moi-même et ma beauté commençait à se faner avant l'âge. Les riches touristes ne portaient plus le même regard sur moi, d'autres personnages, plus jeunes et plus frais, m'avaient remplacé. La roue avait bel et bien tourné. Heureusement, grâce à l'argent que j'avais pu économiser durant toutes ces années, j'ai réussi à m'acheter ce petit local que vous voyez juste derrière vous. Je l'ai retapé seul, j'ai repeint tous les murs et ouvert une épicerie, il y a de cela presque vingt ans. Les locaux ont fait la paix avec moi, on ne me traite plus de tous les noms et je mène une vie paisible en gagnant plus que nécessaire pour vivre confortablement, ainsi que pour subvenir aux besoins des membres de ma famille. J'ai eu une vie agitée, je n'ai pas à me plaindre aujourd'hui… À quelle heure commence le spectacle ce soir ? Je l'ai pourtant noté quelque part, depuis le temps que nous vous attendions… Maintenant, j'ai complètement oublié… J'espère pouvoir fermer mon épicerie avant le début de la représentation… »

Nous nous regardons, embarrassés. Puis je dis :

« Nous serons sur scène à la tombée du crépuscule, à tout à l'heure. »

Nous nous éloignons et continuons notre route, tous deux silencieux. Au fur et à mesure que nous avançons, des visions de notre passé m'éblouissent, je peine à les déchiffrer.

Dans notre appartement, tout est vide. Je pense souvent aux intérieurs désertés. Tristesse. Comme si les meubles familiers qu'on avait laissés seuls nous attendaient, tels des animaux domestiques, guettant à chaque instant notre retour. Là, l'entrée et son couloir étroit, puis la cuisine sur la gauche où tout est rangé impeccablement. Le salon, immobile, un peu plus loin les chambres à coucher. La nôtre à droite. La première fois que nous avons visité ce lieu, je me souviens qu'un homme était endormi sur le lit, nous avions marché sur la pointe des pieds pour ne pas le réveiller. Je me demande si quelqu'un dort sur notre lit quand nous ne sommes pas là.

Nous entrons dans l'appartement sans ouvrir la porte, comme si nous étions des courants d'air, nous avançons. Les pièces respirent notre absence, comment expliquer cela ? Nous ignorons où nous sommes partis, les chambres des enfants sont vides, elles aussi. Nous crions leurs prénoms, personne ne nous répond. J'aimerais que tout s'anime à nouveau, comme par magie, et que cet intérieur redevienne ce qu'il était.

Par un soir de mai 1787, alors que Goethe s'approchait de Capri dans un navire, le ciel fut déchiré par un violent orage, les vagues poussant son embarcation vers les falaises. Heureusement, le pire fut évité de justesse, même si le bateau n'a jamais pu accoster. Le poète gardera toujours une image fantasmée de l'île, n'ayant pas pu s'y rendre en vrai.

Des endroits inconnus, nous en imaginons, par milliers… Nous parcourons ensemble des kilomètres de rêves et, derrière nos paupières closes, c'est une valse de paysages qui ne cessent de tournoyer.

CHANT XI

Avant le spectacle

Barque trouée depuis longtemps
vider l'eau pour ne pas se noyer
écrire tant qu'il fait jour
vider l'eau au fur et à mesure.

Sur ce sentier bordé d'arbousiers et de myrte, nous sommes seuls et nous taisons nos regrets. Nous sommes complexes : nous voulons et ne voulons pas. Nous boudons et pleurons les nuits où la lune ne nous éclaire pas. Nous nous plaignons de l'éternel recommencement des choses et en même temps nous n'aspirons qu'à une routine débilitante. Nous sommes craintifs, esclaves des éléments, que nous ménageons avec hypocrisie. Nous mentons aux habitants de l'île, en montrant des aspects de nos personnalités et en prenant grand soin d'en dissimuler d'autres.

Les vagues nous caressent mais nous laissent de marbre, comme si l'écume de ce qui avait été n'avait plus d'importance. Nous sommes perdus et voudrions retrouver notre chemin. Retourner à l'origine des choses, ce temps béni où rien n'était encore inscrit sur la carte.

Dans peu de temps, nous ferons notre entrée en scène, devant un public inconnu, composé d'esprits condamnés à tournoyer parmi les ombres de Capri.

Tu me raconteras qui tu es, je t'en dirai un peu plus sur moi puis *bye bye*, comme disent les Capriotes quand ils veulent éluder une question. Lorsque tous les regards seront braqués sur nous et que nous déclamerons ce texte, dont nous ignorons encore tous les mots, peut-être nous révélerons-nous à nous-mêmes ? Telle la photo argentique dans un laboratoire.

Nous ne pouvons pas savoir si nous resterons solidaires, une fois jetés en pâture parmi les spectres. Agirons-nous en solitaires, afin de sauver notre peau ? Est-ce que notre amour résistera à ce divertissement ? Rien pour l'instant ne peut assurer notre entente et soutien mutuel. Nous dansons sur un fil, suspendus tous deux au-dessus du vide.

Nous serons toujours à la recherche de nos deux ombres, marchant aux premières lueurs de l'heure bleue, dans le Berlin vide et désolé d'un début de printemps. Je ne me souviens plus de ce que nous nous disions alors, nous avancions sereins dans cette nuit qui n'en était déjà plus une. Nous étions affamés et nous sommes arrêtés dans un petit restaurant turc ouvert de nuit, près de Schlesisches Tor. Nous nous étions assis en terrasse, il faisait doux et nous avions mangé en discutant des couleurs qui accompagnent les jours de la semaine, les notes, les chiffres ainsi que les lettres de l'alphabet. Pour toi, le lundi était jaune alors que je le voyais bleu. Ton sol était violet alors que pour moi c'était la couleur du la. *Mon M était aussi rouge que la pomme dans* Blanche-Neige, *le tien était blanc cassé. Nous ne voyions pas les choses de la même couleur et pourtant, quand nous levions les yeux au ciel, nous étions tous les deux d'accord sur ce bleu nuit qui s'éclaircissait à chaque minute qui passait.*

Nos îles ne se touchaient pas, elles se faisaient face, portant la certitude qu'elles ne s'éloigneraient jamais trop longtemps l'une de l'autre.

Au carrefour de nos souvenirs nous parviennent des chuchotements que nous seuls pouvons comprendre, et quand le temps devient trop long ou la solitude trop vive, il suffit de fermer les yeux et d'écouter le son des paroles évanouies.

On nous appelle au loin. Nous nous retournons et apercevons Sara qui fait de grands gestes de la main. Un homme est à côté d'elle.

Nous lui répondons en agitant nos bras.

Elle nous crie à une cinquantaine de mètres :

« Avez-vous eu le temps de répéter avec les musiciens classiques ?

— Non ! lui hurlons-nous. Nous ne les avons pas croisés. »

Sara se rapproche de nous.

« Je suis avec Henry... Oui, le grand Sir Henry Wreford, qui a tant fait pour nous autres, femmes ! Nous lui en serons à jamais reconnaissantes... Savez-vous que c'est lui qui est à l'origine du mouvement de la constellation des douze étoiles ? Sans son soutien, ces douze femmes artistes n'auraient probablement pas connu une telle renommée... Henry a hâte de découvrir votre spectacle. Vous sentez-vous prêts ?

— Non, pas vraiment... Enfin, nous essayerons de faire de notre mieux...

— Pas d'excuses, vous n'avez pas le choix ! nous dit-elle en contractant sa mâchoire. Vous devez être à la hauteur ce soir, l'honneur de l'île est en jeu, n'est-ce pas, Henry ? Je serais très vexée d'avoir organisé votre venue et d'assister à quelque chose de médiocre. Nous avons un accord, ne l'oubliez pas. Tout le monde sera présent dans le jardin de la villa Lysis, je ne tiens pas à être ridiculisée. Vous serez à la hauteur, un point c'est tout. Venez, Henry, ne restons pas plantés là, nous avons encore pas mal de chemin à faire. »

Elle s'éloigne sans même conclure par « à tout à l'heure », ou « bonne chance ».

Nous voilà livrés à nous-mêmes, habités par une pression terrible. Nous nous demandons ce que toutes ces personnes attendent de nous. Nous sommes les bouffons de fantômes, sans qu'on nous ait rien demandé. On nous a traînés ici malgré nous et il faut à présent distraire les foules, car *l'honneur de l'île* est entre nos mains... Nous sommes tombés sur une bande de fous !

Nous ignorons tout du sort qui nous est réservé. Ils ont peut-être prévu de se débarrasser de nous, une fois la représentation terminée ? Ils nous auront pressés comme des citrons et, encore une fois, ils nous lanceront au visage leur éternel *bye bye* de Capri.

Nous ne pouvons rebrousser chemin, ils nous poursuivraient... Il nous faut encore monter la via lo Capo, quelques centaines de mètres avant d'arriver à destination. Nous sommes coincés. Aucune échappatoire possible.

Courbons l'échine, nous subissons notre destin sans rébellion aucune, dociles comme les chèvres qui hantent les collines.

Nous étions coincés à Vienne à cause d'un volcan en éruption en Islande qui avait mis à l'arrêt tout le trafic aérien européen. Quand j'essaye de me souvenir de toutes ces destinations parcourues ensemble, c'est toujours le printemps. Un éternel printemps gris et pluvieux. Prendre l'air nous donnait le vertige, celui que la vie recommençait et qu'il fallait la rattraper en chemin. Sortir du sommeil de l'hiver et s'acclimater aux vibrations de la nature. C'était à la fois intimidant et riche de promesses.

Nous logions dans une grande maison à Vienne, chez un de tes amis qui ne cessait de se disputer avec sa femme, une actrice qui avait toujours l'air sur le point d'aboyer. Notre chambre se trouvait au rez-de-chaussée et nous entendions des hurlements provenir de l'étage supérieur, ponctués par de longs silences. L'atmosphère était électrique et nous cherchions à fuir par tous les moyens, afin de nous rendre à Hambourg, où nous devions donner notre prochain concert.

Comme tous les vols avaient été annulés, les billets de train et de bus étaient pris d'assaut. Chaque matin, nous partions très tôt à la gare centrale et faisions la queue durant plusieurs heures pour nous procurer des places. Nos efforts avaient fini par payer, puisque nous avions réussi à acheter des billets de train, Vienne-Leipzig/Leipzig-Hambourg, dix-huit heures de trajet, mais peu nous importait, nous voulions à tout prix quitter Vienne et cette situation étrange.

Le dernier soir, nous avions marché tous les deux le long du Danube. Il faisait frais, pourtant c'était le début du mois de mai. L'air était humide, je me blottissais contre toi, tout en me souvenant qu'un peu plus d'une dizaine d'années plus tôt je marchais exactement au même endroit, seule, sous la pluie, lors d'une tournée théâtrale que j'avais effectuée dans toute l'Europe. J'avais tout juste dix-neuf ans et l'impression que la vie était déjà derrière moi. Je ne pouvais imaginer à l'époque te rencontrer et trouver le meilleur compagnon de tournée qui puisse exister. Être sur la route. Ensemble. Regarder le paysage et en construire d'autres. De ville en ville. Toujours ensemble. Dans ce printemps éternel et froid.

19, 32, 39, voici les âges que j'ai à Vienne
la même ou presque, à vingt ans d'écart
les années filent et il pleut toujours sur le Ring.
Sur le panneau de l'autoroute Budapest-Bratislava
l'horizon brûle devant nous.
Hier j'ai demandé mon chemin dans le bureau de tabac de Johannesgasse,
la femme avait les yeux noirs et les gestes d'une danseuse de minuit.
Je marche sans parapluie, semant des parties de moi au hasard.
Le troisième homme court sur les ruines du labyrinthe
espion de l'entre-deux au visage incertain
un air tzigane brûle sous ses tempes
il a perdu son chemin.
Une main tendue vers l'ailleurs
le lotus sommeille dans une mare que tu reconnaîtras.
Mais les interférences blessent le cœur en son centre
une canicule hante les rues de Vienne.

Nous courions sur le quai de gare pour ne pas rater les correspondances, chargés de nos instruments de musique. Nous riions le cœur inquiet, en espérant arriver à destination.

Hambourg la nuit, les lumières multicolores de la ville nous avaient menés à notre hôtel, pas très loin de la gare. Nous avions dîné dans la chambre, en regardant les rues calmes par la fenêtre.

C'est toujours ce même printemps dans ma tête. Nous sommes tous les deux. Personne ne nous retient. Personne ne nous attend.

Nos départs et nos arrivées nous effrayent parfois, mais nous continuons d'avancer sans nous retourner.

CHANT XII

Ribersborgs Kallbadhus, Malmö
55° 35'00"N, 13° 02'00"E

Des voyages, j'en ai fait, jusqu'aux abysses de moi-même
il faisait beau mais le plus souvent gris.
Mes cartes postales étaient les poèmes que je te lisais chaque soir, t'en souviens-tu ?
Je te racontais les paysages perdus et la longue muraille.

J'observais l'araignée se débattre derrière la vitre. Suspendue à un long fil, elle remontait avec peine la surface lisse, prenait son élan avant de sauter dans le vide. Casse-cou en mal d'émotions fortes. Se lance d'une falaise à plus d'une centaine de mètres. Accrochée à un élastique. Un va-et-vient qui me tenait en haleine chaque fois qu'elle se laissait tomber.

Un peu plus loin, la mer et l'horizon. Mon esprit vagabondait, oubliant par brefs instants les acrobaties de l'arachnide, ainsi que le paysage du Grand Nord qui se déployait devant moi. Je me concentrais sur la chaleur émanant de cette pièce d'une dizaine de mètres carrés. La transpiration commençait à perler sur mes bras et ma poitrine. Je jetai un coup d'œil sur le sablier, suspendu à ma gauche, à côté de la porte : cela faisait six minutes que j'étais assise sur la banquette inférieure en bois. Encore quatre à rester ainsi. Les quelques femmes à mes côtés discutaient entre elles, je ne comprenais presque pas leurs paroles et leurs murmures me berçaient. J'aime cette langue scandinave dont les intonations chantantes vous donnent l'impression que rien n'a d'importance.

Des corps nus défilaient sur le ponton, silhouettes maigres, bronzées, grosses, tatouées, athlétiques, âgées, adolescentes, unijambiste… Blondeur et peaux roses, parfois rouges pour celles qui étaient restées trop longtemps au soleil. Je me sentais différente, trop brune. Trop cérébrale. Ne surtout pas me faire remarquer.

L'araignée était à présent en équilibre sur une autre araignée, elles se balançaient toutes deux sur leur toile, j'étais comme la spectatrice d'un numéro d'équilibristes.

La porte s'est ouverte, un jeune homme d'à peine dix-huit ans est entré dans la cabine, chargé de quelques rondelles de bois qu'il a glissées avec précaution dans le réchaud en métal, puis il est ressorti.

Je transpirais de plus en plus, les gouttes sur ma peau étaient devenues épaisses. Mon visage était mouillé, les yeux me piquaient à cause de l'acidité de la sueur. La température ne cessait de monter, il fallait malgré tout que je tienne bon.

Je regardais les veines gonflées de mes mains puis détournais à nouveau les yeux vers la vitre, les araignées se balançaient encore dans le vide. Ce même horizon, immobile et fier, avait l'air de me dire : *Tu me vois mais tu ne m'atteindras jamais. Je suis la liberté. Je suis la promesse. Le pied de nez à l'enfermement. Plus tu te rapprocheras de moi, plus je m'éloignerai. On ne peut pas toucher ma ligne, ce beau trait à la base du ciel. Cela n'est que mirage. Tu ne peux pas m'atteindre, juste me contempler, il y aura toujours la vie entre nous deux.*

Mon cœur battait fort contre mes tempes. Toutes ces conversations autour de moi me faisaient sentir encore plus seule que je ne l'étais déjà. Je ne savais plus trop quoi penser, je ne me connaissais plus. J'ignorais pourquoi cette personne (moi) qui me suivait en permanence était tant attachée à mon être et me collait partout où j'allais. J'essayais d'inventer des subterfuges pour la semer, elle revenait à chaque fois, l'air de rien, comme si c'était normal. Ma propre personne ne me laissait jamais en paix, même dans des endroits aussi intimes que celui où je me trouvais à cet instant. Dans ce pays qui n'était pas vraiment le mien, mais celui de mon compagnon et de mes deux enfants.

J'observais à nouveau le sablier, j'étais en nage.

Only water in plastic bottles can be consumed in the sauna.
(« Seule l'eau en bouteille peut être utilisée dans le sauna. »)

J'étais entrée dans cette pièce un peu plus tôt et, avant de m'y asseoir, je m'étais fixé comme but d'y rester au moins dix minutes. Malgré les palpitations et l'inconfort, il fallait que je me tienne à ce que j'avais décidé. J'ai ce trait de caractère qui en exaspère plus d'un, celui d'être dans un contrôle permanent et de ne rien laisser au hasard. D'un tempérament laborieux, rien ne peut entraver ma volonté.

Une des femmes assises dans la pièce s'est mise à sangloter, j'ai tourné discrètement la tête pour voir à quoi elle ressemblait. Elle avait une trentaine d'années, de longs cheveux blonds frisés et deux tatouages. Un en forme de dauphin sur sa cheville droite et un autre sur son décolleté, en dessous des salières, cinq lettres écrites en majuscules, en caractères gras : *CAPRI*.

La personne assise à côté d'elle lui murmurait des paroles réconfortantes, tout en lui caressant le dos. Mais les pleurs redoublaient de plus belle. Son visage était couvert de larmes qu'elle tentait de sécher en vain d'un revers de main. Sa face était luisante et désespérée de pleurs et de transpiration. J'étais intriguée et j'ai tendu l'oreille, je ne parvenais pas à entendre ce que lui disait son amie. Je ne comprenais que vaguement cette langue étrangère, bien que familière depuis presque une vingtaine d'années. Je n'arrivais pas à saisir de quoi il s'agissait.

J'étais à présent complètement trempée de la tête aux pieds. Le sablier laissait passer les grains de sable, je clignais des yeux pour parvenir à distinguer le temps qu'il me restait avant de pouvoir quitter cette étuve. Plus qu'une ou deux minutes à tenir. Le fil pendait derrière la vitre mais les deux araignées avaient désormais disparu. Cela a provoqué chez moi de l'inquiétude, est-ce qu'une chute leur aurait été fatale ? Non, impossible, l'horizon n'aurait jamais accepté chose pareille. Le tableau que j'avais si méthodiquement disséqué depuis mon arrivée dans cette pièce en bois ne pouvait pas changer. Impossible.

Premier plan : vitres à la propreté douteuse – araignées – fils qui pendent de la toile. Deuxième plan : mer – horizon – quelques bateaux qui passent. Troisième plan : ciel – infini, réceptacle de mes pensées. Rien ne devait changer.

Ces lettres imprimées sur ce corps inconnu... *CAPRI*... Elle n'avait pas l'air italienne et s'exprimait parfaitement en suédois... *CAPRI*... Je fermais les yeux, qui me piquaient à cause de la sueur roulant de mes cils aux orbites... *CAPRI*... Le nom de cette île lointaine devait bien signifier quelque chose pour elle... Inutile de pleurer quand on a le nom d'un paradis tatoué sur la peau. J'imaginais un paysage enchanteur, encerclé du bleu franc de la

Méditerranée. Tant de bleu vous faisait tourner la tête. *CAPRI.*

J'ai ouvert à nouveau les yeux et j'ai retrouvé la cabine de bois où j'étais installée depuis presque une dizaine de minutes. J'avais la gorge sèche. Sur le thermomètre accroché au mur, juste à côté du sablier, je pouvais distinguer, non sans une certaine difficulté, à cause de ma vue qui se brouillait : 92 °C. Une voix intérieure me répétait de rester encore quelques secondes, l'effet de la baignade glacée qui suivrait en serait d'autant plus intense. D'un autre côté, je sentais tout mon corps se ramollir, j'entendais à présent les râles de la femme blonde et frisée comme une plainte lointaine. J'étouffais et je grelottais en même temps.

J'ai vu une énorme araignée velue s'approcher de mon pied, j'étais tétanisée. Les autres femmes faisaient comme si de rien n'était, alors que l'insecte géant se déplaçait à toute allure dans la pièce. Je ne m'étais jamais imaginé finir ainsi : seule et nue, dans un petit espace boisé, quelque part dans une ville portuaire du Grand Nord. Le destin joue parfois de drôles de tours.

Je m'allongeai et refermai mes paupières, c'était si bon de ne rien faire, ne serait-ce qu'un instant. Se laisser couler en soi.

C'était une période de ma vie où je recherchais la solitude à tout prix. Les tâches auxquelles j'étais confrontée au quotidien me faisaient parfois douter de celle que j'étais et des désirs qui m'habitaient.

Je m'étais réveillée la nuit précédente à 4 heures du matin sans arriver à me rendormir. C'était l'été et à partir de minuit le jour commençait déjà à pointer. Afin que notre fille, âgée de trois ans, puisse faire des nuits plus longues, nous avions occulté toutes les fenêtres de la chambre à coucher avec du papier d'aluminium. L'appartement était plongé dans une étrange atmosphère, un peu comme si nous nous trouvions à l'intérieur d'un vaisseau spatial. Notre fils de onze ans dormait dans la seule pièce où il y avait un store noir et épais. J'avais essayé en vain de retrouver le sommeil, mais les pensées me traversaient comme des éclairs. Je voyais une nouvelle fois mon existence de trop haut, comme si je l'observais au loin, assise sur un nuage, c'était effrayant. Je visualisais le temps qui passe et l'aspect éphémère des choses et des êtres. Un sentiment d'impuissance s'emparait de moi. Arrêter ce maudit temps. Cela faisait plus de vingt-cinq ans que je remplissais des carnets en y inscrivant absolument tout, d'une écriture microscopique. Des détails les plus anodins aux événements les plus importants. Et malgré ce travail minutieux : coucher sur papier toutes mes heures et espérer ainsi les cadenasser, tout semblait m'échapper.

Depuis plusieurs mois, une nouvelle manie m'était venue qui consistait à dresser toutes sortes de listes. J'avais ainsi l'illusion d'avoir une emprise sur ma vie. Le sujet des listes variait en fonction de mon humeur : nombre de jours où j'avais pu travailler au moins deux heures, dates des nuits où notre fille s'était réveillée, nombre de jours d'absence à l'école de notre fils, dates des soirs où nous étions sortis, nombre de chansons ou mots écrits… Tout devenait une excuse à faire des listes. M'inquiétant un peu de cette nouvelle obsession, j'avais découvert un nom associé à cette marotte, la glazomanie. Depuis que ce mot savant était plaqué dessus, je me sentais moins inquiète.

Je gardais pourtant l'impression de voir mon univers se rétrécir et me débattais pour parvenir à garder la tête hors de l'eau. Je me connaissais bien et savais que mon semblant d'équilibre tenait à des choses simples : travailler et me retrouver un peu seule dès que je le pouvais. Je guettais les instants où je pourrais me retrouver face à moi-même et m'adonner au travail, ou juste réfléchir.

Je revenais petit à petit à moi dans la pièce boisée. D'épaisses gouttes de transpiration tombaient à présent de mon visage pour atterrir sur mes cuisses, je me disais qu'il fallait sortir, mais n'arrivais pas à bouger un seul membre, j'étais figée.

Je suis parvenue à relever la tête, l'horizon me faisait toujours face, encore plus lointain que quelques minutes plus tôt. Le ciel se couvrait et les oiseaux volaient bas. La mer avait pris une couleur qui oscillait entre le gris et le vert, elle était très agitée. Le temps que je m'étais fixé à rester dans cette cabine avait dû expirer mais quelque chose me retenait, assise sur ce banc parmi ces femmes qui parlaient cette langue étrangère, aux sonorités exotiques.

Ce n'était certainement pas un endroit pour tracer un bilan sur ce qu'était devenue ma vie depuis un certain temps, mais, après tout, ne m'avait-on pas appris, petite fille, dans cette école religieuse que j'avais fréquentée un peu par hasard, que « Dieu est partout ». Si « Dieu est partout », comme ils ne cessaient de nous le répéter, on pouvait très bien se confesser à lui dans des endroits improbables et se parler à soi-même de choses importantes, n'importe où.

La femme avec le tatouage *CAPRI* ne pleurait plus et son amie qui l'avait consolée un peu plus tôt avait disparu. Mon regard fut à nouveau attiré comme un aimant vers l'inscription sur son buste. *CAPRI*, ce nom m'évoquait quelque chose de mystérieux. J'aurais voulu lui adresser la parole et lui poser toutes sortes de questions mais je ne pouvais pas ouvrir la bouche, comme si mes lèvres étaient cousues l'une à l'autre. J'ai fermé les yeux.

Une dizaine de personnes marchaient, le bruit de leurs pas résonnait et me donnait mal à la tête. J'entendais aussi un tic-tac de plus en plus fort, mais je ne voyais pas à quelle montre ni à quelle horloge il était relié. Je me disais : *Comme le temps passe vite et lentement à la fois*, sans même ressentir de la crainte à cette idée, c'était ainsi et pas autrement. J'ai ouvert les yeux, la petite pièce en bois était vide à présent. La chaleur m'a prise à la gorge, j'étais trempée de la tête aux pieds.

We sit on a towel never on the bench.
We respect good manners & general consideration applies.
(« Nous vous prions de vous asseoir sur une serviette, jamais à même le banc.
Ainsi, les bonnes manières sont respectées, et l'intérêt général est appliqué. »)

Un étourdissement m'a presque fait perdre l'équilibre quand je me suis levée, mes jambes se sont dérobées sous moi. Je me suis concentrée afin de réunir toutes mes forces, j'ai agrippé ma serviette, avant d'ouvrir la porte, tout en fixant la mer et l'horizon une dernière fois, à travers la grande vitre du sauna. J'ai accroché ma serviette à un des crochets, près des douches, et je suis sortie sur le ponton.

L'air frais m'a fait du bien mais j'avais encore très chaud, ma vue était brouillée. Je ne distinguais pas vraiment tous ces corps nus, allongés à l'extérieur, en train de lire, de discuter, d'écouter de la musique ou de manger des sandwichs. J'avais du mal à avancer, de peur de marcher sur quelqu'un.

C'était le milieu de l'été. Je repensais à toutes les fois où j'avais traversé cette saison avec appréhension. À peine les beaux jours arrivaient-ils que je redoutais déjà juillet et août, puis le début du mois de septembre (en particulier le jour de mon anniversaire), la rentrée et l'automne avec ses fausses promesses. Plus les années passaient, plus cela s'accélérait, moins je m'habituais à ce perpétuel enchaînement, d'un mois à l'autre… J'avais renoncé à freiner le temps, je me laissais porter par le cours des choses sans essayer d'intervenir pour changer quoi que ce soit.

Seule, dans ce pays qui n'était pas le mien, je regardais tout ce qui m'entourait d'un œil frais, c'était différent et nouveau, cela me plaisait. Même le fait de ne pas vraiment comprendre les gens autour de moi m'enveloppait d'un halo protecteur, qui s'apparentait au refuge artificiel que j'avais créé depuis mon adolescence en refusant de porter des lunettes, alors que je suis myope. J'ai toujours l'impression que les autres me voient floue, comme je les vois flous. Ne pas saisir de quoi il s'agissait quand on s'adressait à moi me confortait dans l'idée qu'on ne pouvait se douter de la personne que j'étais réellement. Je venais d'ailleurs, j'étais différente et je rasais les murs afin qu'on ne me remarque pas. Ici, au Ribersborgs Kallbadhus de Malmö, je jouais un rôle de composition, comme j'en avais joué tant d'autres auparavant.

Le ciel était voilé, la mer vert foncé. Avant de m'y jeter, en descendant l'escalier en bois avec des rambardes en métal, tous mes membres se sont mis à trembler, malgré la chaleur de mon corps. J'ai soudain eu peur de me perdre dans les profondeurs et de ne jamais revenir, mais j'ai quand même plongé.

Le choc provoqué par la différence de température faisait danser des étincelles devant mes yeux, j'ai mis la tête sous l'eau.

CHANT XIII

Entre-deux

Lettres, photographies perdues
images au fond de l'esprit, à la surface du cœur
larmes séchées par le vent d'un semblant d'avenir.
Tout cela dans le coffre de mon passé dont j'ai perdu la clef.

Je me trouvais dans un long tunnel. Le temps passait. J'allais arriver en retard, je peinais à avancer, comme si j'avais pris un escalator à contresens. Sous ma poitrine, à l'endroit du cœur, un trou laissait passer de l'air à chaque respiration. Cela me brûlait. Je pensais à ceux que j'aimais et me demandais si j'allais enfin les retrouver, cela faisait une éternité que je les cherchais en vain. Où étaient-ils ?

Il faisait sombre, je ne voyais presque rien. Quelque chose au loin avait la forme d'un bâtiment en brique rouge, je me suis approchée.

Plus j'avançais, plus je distinguais la forme d'une maison, postée sur une rue calme. Il y avait une école sur le même trottoir, à une vingtaine de mètres à peine. La porte d'entrée de la maison était en bois, ornée de décorations en fer forgé. En haut, à gauche, une petite plaque bleu foncé ; le numéro 29, en lettres blanches, était écrit dessus. Des fenêtres au rez-de-chaussée, ainsi qu'au premier étage, derrière des barreaux pointus en fer noir. Tout à gauche, à l'étage, des carreaux en vitrail à l'intérieur d'une encadrure, sculptée dans la pierre blanche. De l'autre côté, à la même hauteur, un bow-window en bois. La maison était coincée entre deux immeubles, ce qui en faisait une verrue. Cette désignation m'a toujours amusée et aussi un peu dégoûtée.

Des heures occupées à regarder la rue vide à travers les vitres du bow-window. Les jours de grande animation, un passant toutes les une ou deux heures. À chaque apparition, j'avais l'impression d'assister à un spectacle. J'inventais un monde dans lequel circulait cette silhouette éphémère : en quelques secondes, j'imaginais une vie remplie de joies et de peines, avant de la voir disparaître derrière les immeubles de la rue perpendiculaire à la nôtre. Puis tout redevenait désert.

La sonnerie de l'école d'à côté, même les jours fériés. Elle perçait le silence de ce pâté de maisons solitaire. J'attendais déjà d'être moi-même et je guettais dans cette rue vide ce qui allait m'arriver bien des années plus tard. Observer les trottoirs, les lampadaires, la vie immobile à travers les vitres du bow-window faisait partie de mes occupations favorites.

Quand on laisse suffisamment de place à la rêverie, elle imprègne le quotidien, se déploie, s'étale et finit par prendre toute la place qu'on veut bien lui donner.

Ma porte toujours grande ouverte, des offrandes posées sur l'autel pour accueillir les rêves. Peut-on passer toute sa vie à regarder la rue déserte à travers les vitres du bow-window et n'avoir besoin de rien d'autre ? Plus rien n'aurait d'importance, ni le bow-window ni la rue vide, juste nos paysages intérieurs.

Combien de souvenirs abandonne-t-on dans sa maison d'enfance ? Si l'on pousse la porte demeurée fermée depuis des dizaines et des dizaines d'années, retrouve-t-on ces instants figés dans l'air, comme si l'on pénétrait dans un musée ? On pourrait dérober les fragments du passé encore présents, les glisser dans un grand sac et partir en courant. La maison se retrouverait alors sans âme, ses murs de simples murs, et non les témoins d'une vie. Réceptacles silencieux des joies et des peines de ceux qui l'ont habitée.

Une poubelle en feu dehors. Je suis dans l'entrée sombre, juste derrière la porte, mon cœur bat fort. Il ne reste plus rien de moi, ni de nous, dans cette maison. Tout a déménagé dans nos îles intérieures. Paysages sans fin de la mémoire.

La moquette du salon était grise. Le canapé en cuir, sur lequel je m'endormais souvent, marron clair. D'épaisses colonnes en bois sculpté, des murs crépis, telles sont les plages de mon île. Je continue à l'arpenter de long en large, sans m'en lasser. La cuisine au fond, avec une porte qui ouvrait sur une petite cour. Un arbre, la terre avait une odeur étrange. On pouvait observer le parking de l'immeuble moderne, en face, à travers un grillage dont les trous avaient la forme de losanges. Si on levait les yeux, on pouvait voir les fenêtres de ma chambre à l'étage supérieur.

En plongeant dans le passé, on peut devenir invisible. Pour monter, je n'ai plus besoin d'emprunter l'escalier du salon, ou bien l'autre, tout sombre, au-dessus des toilettes tapissées de rouge.

Ma chambre était spacieuse. Deux fauteuils, de chaque côté des fenêtres, un lit double, des armoires coulissantes sur la droite, au-dessous de deux grandes baies vitrées. Un petit tableau noir avec des craies blanches posées sur le sol. Un bureau en bois, trois tiroirs pleins à craquer. On m'avait rapporté de Séville un papier et des autocollants représentant des fleurs de toutes les couleurs, le tout dégageait une odeur de rose, ou bien c'était juste un échantillon de parfum qui s'était renversé dessus.

La nuit, la porte de ma chambre restait entrouverte, un filet de lumière traversait la pièce. Tout allait bien.

Les jeux, les mondes inventés, les prières se sont évaporés, même si je me concentre pour les rattraper là-bas… Ce silence, qui règne à présent partout où je me faufile, m'interpelle. Vais-je croiser quelqu'un ? La maison m'apparaît comme un labyrinthe dont il est impossible de s'échapper.

Le paysage grandit, comme s'il avait dévoré tous les autres, il finit par prendre toute la place. Je compte les marches. Il faut garder patience en les gravissant et penser à la vue panoramique après, afin de pouvoir s'adonner à l'effort. Beaucoup se découragent rien qu'à l'idée d'un si long voyage, mais la découverte des paysages ne s'entreprend qu'avec de la volonté ; si elle nous fait défaut, nous voilà condamnés à tourner en rond, loin de nos propres rivages. Le regard baissé, nous n'osons pas nous arrêter devant ce qui a de l'importance : nous *passons notre chemin*, pour nous perdre dans la foule. Anonyme de nous-même, nous errons en espérant que quelqu'un viendra nous délivrer.

Quelques images, blanchies à la chaux, des noms, des rêves éveillés. Et surtout, l'attente de la suite : comme si l'existence s'organisait par chapitre et qu'il fallait toujours se tenir prêt pour écrire le prochain. Ne surtout pas poser le stylo. Continuer à gratter sur la page blanche, comme si quelqu'un pointait son revolver sur votre tempe. Alors, les lendemains se présentent, vêtus d'habits sur mesure, et les questionnements s'évanouissent au fur et à mesure.

Par la fenêtre de ma chambre, j'observe les feuilles de l'arbre. Rien n'a vraiment changé, et pourtant tout est différent, car figé dans le passé. Tout semble au ralenti, comme des algues qui danseraient dans un aquarium.

J'attends qu'on m'appelle d'en bas, mais personne ne crie mon nom pour que je descende.

CHANT XIV

Archipel

« C'est quoi ? C'est étrange…
— Ce n'est rien, juste la vie
— Pourtant ça ressemble à la nuit
— Un si doux mélange »

En sortant la tête de l'eau, j'ai nagé quelques mètres, je fermais les yeux, pour m'assurer que mes paysages n'avaient pas disparu. Tout était intact. J'ai fait la planche (avec une certaine difficulté car les vagues me malmenaient), le ciel du Grand Nord au-dessus de moi, j'ai énuméré le nom des nuages que je connaissais dans cette langue étrangère : *Skiktmoln*, *Böljemoln*, *Altostratus*… L'impression que le vocabulaire des ciels couverts était le seul que je maîtrisais à la perfection, et cela dans toutes les langues. Ma liberté se dessinait à travers le regard que je portais sur cet infini. Je voulais à tout prix retrouver ceux que j'avais quittés à peine quelques heures plus tôt.

Je me suis retournée à la hâte et j'ai commencé à nager le crawl pour atteindre plus rapidement l'échelle aux rambardes en métal. Mon cœur battait vite, comme avant de se rendre à un premier rendez-vous amoureux. L'eau salée chatouillait mon corps et cela me faisait sourire sous l'eau, il fallait prendre garde à ne pas boire la tasse. Des mers et des océans, j'en avais traversé plus d'un, mais je traçais à présent un chemin secret dans la Baltique. L'horizon n'avait plus la même arrogance qu'auparavant, c'était comme si nous étions arrivés à nous mettre d'accord.

En remontant sur le ponton en bois, j'ai failli marcher sur le pied d'une femme d'un certain âge, au regard d'acier. Elle avait le visage et le corps très bronzés, ce qui contrastait avec ses traits et son allure nordique.

« Oh ! *I'm sorry*…

— *Inga problem.* » (« Aucun problème. »)

Je me suis dirigée ensuite vers les douches, où j'avais laissé mes tongs et ma serviette, en face de la cabine de sauna. L'eau tiède tombait sur moi et j'ai fermé les yeux avant de me laver. L'impression de revenir d'un long voyage.

Les battements de mon cœur martelaient encore ma poitrine : j'avais hâte de sortir, mais je retardais le plus longtemps possible la délivrance et effectuais tous mes mouvements au ralenti. *Clac clac* des tongs pour arriver au vestiaire, devant le casier numéro 6.

J'ai ouvert le cadenas avec la minuscule clef, accrochée à un bracelet en caoutchouc que j'avais gardé autour de mon poignet jusque-là. Toutes mes affaires étaient telles qu'un peu plus tôt : habits, montre en métal, sac, crèmes...

Une jeune fille aux cheveux courts et bruns se séchait les cheveux à ma droite, elle me souriait comme si elle avait deviné que ce lieu ne m'était pas familier et qu'elle voulait me mettre à l'aise. Je lui ai rendu son sourire et j'ai commencé à m'habiller. C'était le mois de juillet et il avait fait particulièrement chaud depuis plusieurs jours, j'ai enfilé une robe à motifs bleus et je me suis postée devant le petit miroir pour me peigner.

Je me regardais sans vraiment me reconnaître. J'ai souvent la curieuse impression d'être en décalage avec l'environnement dans lequel je me trouve. Palmiers et sable chaud perdus au beau milieu d'une steppe. J'ai fait quelques grimaces pour m'assurer que c'était bien moi, tout était synchronisé : j'étais en face de moi-même. Cette femme aux cheveux bruns, longs et mouillés, le regard noir, un peu flou et la bouche légèrement de travers. C'était moi.

Démêler mes cheveux au peigne me faisait mal, j'avais les larmes aux yeux et j'ai décidé de remettre cette tâche fastidieuse à plus tard. J'ai glissé les tongs et la serviette encore humide dans un sac en tissu orange et blanc, sur lequel était reproduite une couverture de la collection Penguin Books : *Brighton Rock*, Graham Greene.

Je me suis assise un moment sur le banc en bois, en face des casiers, et j'ai fermé les paupières. J'ai vu un feu d'artifice, des lumières de toutes les couleurs dansaient dans un ciel noir. C'était un jour de fête. On entendait des *Ahhhhhh* et des *Ohhhhhh* à chaque étincelle projetée dans les airs. C'était une nuit d'été qui contenait toutes les nuits d'été. Plus rien n'avait d'importance. L'avenir était comme une longue autoroute, lisse et infini, je souriais aux uns et aux autres, sans me soucier de ce qu'ils penseraient. Des enfants faisaient claquer des pétards à tout juste quelques centimètres de moi, mais je n'avais pas peur. J'étais indifférente à tout. J'avais l'impression d'être en apesanteur.

La plage était longue, on l'imaginait sans fin dans l'obscurité. Des groupes de jeunes dansaient autour de feux improvisés, des familles jouaient au ballon, des couples contemplaient le feu d'artifice ; quand le ciel redevenait noir, ils s'embrassaient. Je percevais le bruit du roulement des vagues, doux et régulier, il me chatouillait les oreilles.

Je me suis allongée sur le sable ; au-dessus de moi, le ballet multicolore continuait. J'ai plongé mon regard dans les points et les traits qui scintillaient avant de s'évanouir dans la mer. La tête me tournait un peu, car tout allait de plus en plus vite et grossissait au fur et à mesure des coups lancés vers le ciel. C'était comme si tout s'était figé, et seul demeurait ce tourbillon céleste.

Bouquet final. Brouhaha. *Boum. Boum. Boum. Boum. Boum. Boum. Boum.* Silence.

Les gens autour de moi avaient disparu. J'étais à présent seule, toujours allongée sur la plage. Je me perdais parmi les étoiles sans oublier que la plupart de ces points lumineux étaient en réalité éteints depuis des milliers d'années. J'aimais l'idée que la lumière soit libre de voyager sans se soucier du temps. Elle trace son chemin, indifférente à hier, à aujourd'hui ou à demain… Je me disais que nous devrions tous prendre exemple sur elle.

Il y aura peut-être un toit
Mais pas de maison
Il y aura peut-être un jour
Mais pas de lumière
Il y aura peut-être un amour
Mais pas de cœur
Il y aura peut-être un spectacle
Mais pas de scène
Il y aura peut-être un rayon
Mais pas de soleil
Il y aura peut-être un rêve
Mais pas de sommeil
Il y aura peut-être une lune
Mais pas de nuit
Il y aura peut-être une couronne
Mais pas de reine
Il y aura peut-être un Dieu
Mais pas de foi
Il y aura peut-être un poisson
Mais pas de mer
Il y aura peut-être une silhouette

Mais pas d'homme
Il y aura peut-être un enfant
Mais pas de jeu
Il y aura peut-être un toc-toc
Mais pas de porte
Il y aura peut-être de la pluie
Mais pas de ciel
Il y aura peut-être une parole
Mais pas de voix.

Nous voilà dans ce jardin où les fleurs naissent dans l'obscurité. Les oiseaux de nuit parlent la seule langue que nous comprenons… Douce et tendre, comme toi mon amour. Nous n'avons pas de nom, pas de passé, ni de présent, ni même de futur. La liberté est là, juste devant nous, continuons de marcher, sans nous retourner.

Continuons de marcher, sans jamais nous retourner.

Quand je suis sortie du vestiaire, j'ai traversé les planches qui surplombaient la mer, elles formaient des bassins artificiels en forme de rectangles. Les reflets du soleil rendaient l'eau encore plus transparente que d'habitude, des algues vert clair ondulaient sous les flots. Dans le hall d'entrée de l'établissement de bain, qui était un café boisé resté intact depuis les années 1920, j'ai fait un signe d'au revoir à la jeune fille derrière le comptoir qui m'avait vendu mon billet pour le sauna. Elle devait avoir à peine seize ans, elle portait un T-shirt rouge, où était brodé en lettres blanches : *Ribersborgs Kallbadhus.*

J'ai passé la porte et me suis retrouvée sur la longue passerelle qui mène à la plage. J'étais éblouie par la lumière crue du début d'après-midi et j'ai cligné des yeux pour tenter de voir quelque chose. Deux femmes m'ont dépassée en parlant et en riant fort, j'ai cru reconnaître, sans en être vraiment sûre, celle qui était dans la cabine avec moi et qui portait le tatouage *CAPRI* sur son décolleté. Je n'ai pas voulu accélérer le pas pour m'assurer que c'était bien la même personne. Cette femme en larmes, qui avait attiré mon attention tout à l'heure, s'était désormais installée dans un coin très reculé de ma mémoire, et il était peu probable qu'elle remonte à la surface un jour.

La plage est à une centaine de mètres devant moi, des familles y sont installées, des enfants barbotent dans l'eau, ils s'éclaboussent en criant. Tout droit, dans mon champ de vision, au bout de la longue passerelle, trois silhouettes font de grands gestes avec leurs bras. Un homme aux cheveux blonds, une petite fille assise sur ses épaules. Elle porte un chapeau en tissu, d'où sortent de longs cheveux châtain clair. À côté d'eux, un garçon qui doit avoir onze ou douze ans, il a des lunettes et, de loin, je devine son visage rêveur. Tous les trois semblent m'appeler, mais le son des syllabes se perd dans le vent. Mon cœur bat de plus en plus fort. Je les reconnais.

Je cours sur la longue passerelle. Je cours pour les retrouver.

Voyage à la découverte de l'archipel

Cet endroit unique que vous n'êtes pas près d'oublier !

Pensez bien à arriver au minimum trente minutes avant le départ afin d'être sûr d'avoir une place assise dans la navette, cette excursion (surtout l'été) est très prisée. Le trajet en lui-même est un dépaysement.

Si vous ne craignez pas trop le soleil, montez sur le ponton du bateau pour profiter d'une vue exceptionnelle. Au fur et à mesure de la traversée, le paysage devient de plus en plus contrasté, vous observerez toutes sortes d'îles aux tailles variées.

Lors de vos escales, vous découvrirez des plages et d'autres endroits à couper le souffle, où vous aurez l'impression d'être seul au monde. Pas un bruit, le chant des oiseaux en fond sonore.

CHANT XV

Disparition, interrogatoire, métamorphose

Inscription sur une dalle de marbre, quelque part, non loin de Capri :
BEATO CHI SCAVA
(Bienheureux celui qui creuse)
L'homme se met alors à creuser, puis découvre une autre inscription sur une deuxième dalle de marbre :
BEATO CHI SCAVA ANCORA PIÙ A FONDO
(Bienheureux celui qui creuse plus profond encore)

Quelques centaines de mètres avant d'arriver à la villa Lysis, nous apercevons ses colonnes de marbre, la végétation sauvage de son jardin se devine dans la pénombre. Le soleil se couche au loin. Nous sommes à l'heure, pourtant nous ralentissons le pas, comme si nous cherchions par tous les moyens à retarder le moment fatidique. Nous ne croisons personne sur notre chemin, la via lo

Capo est déserte, les pavés sous nos pieds crient leur ennui, même les chats sont invisibles. Tout est immobile, silencieux, des centaines de prunelles semblent cachées dans l'obscurité, elles nous observent, nous entendons des chuchotements à notre passage.

Nous avançons, têtes baissées, nous sommes déterminés : il est trop tard pour reculer. Je repense à toutes les fois où j'ai voulu m'enfuir avant d'entrer sur scène, il était aussi trop tard. Il est toujours trop tard dans un printemps qui n'en finit pas.

Nous franchissons le portail de la villa. La brise du soir fait frissonner les feuilles sur les arbres. Nous restons sans bouger un instant, ne sachant où aller, puis nous nous engageons sur la droite. Nous ne rencontrons personne, tout est à l'abandon. En nous approchant de l'entrée principale, nous découvrons des coussins destinés à notre public sur les marches. La vue sur la mer et le coucher de soleil est impressionnante, le ciel est à présent rouge, comme s'il saignait. Tout en bas de l'escalier, nous distinguons une scène légèrement surélevée. Un pupitre, un piano noir, un ampli guitare de la marque Fender, deux micros, une guitare sur un pied de guitare. Deux capes en velours rouge sont posées négligemment sur un banc en pierre, côté cour, probablement nos costumes de scène. Je nous imagine dans quelques instants commençant ce spectacle dont nous ignorons tout, devant un public d'inconnus. Qui viendra nous écouter ? Serons-nous à la hauteur de leurs attentes ? Avant d'entrer en scène, je suis toujours envahie par le trac et une immense solitude, comme si le pire m'attendait, qu'il était impossible de s'échapper et que j'allais rendre mon dernier souffle sur les planches. Je m'apitoie souvent sur le sort qui m'est réservé, bien que l'ayant moi-même choisi. Il faut être fou pour se rendre si vulnérable.

Je me retourne soudain vers toi, mais je ne te vois plus. Je te cherche du regard dans toutes les directions. Tu as disparu. Je crie ton nom dans le jardin silencieux, ne recevant comme seule réponse que le chant des oiseaux. Tu étais pourtant là, auprès de moi, il y a à peine quelques secondes, tu n'as pas pu te volatiliser d'un seul coup. J'arpente les allées qui bordent la villa en espérant t'apercevoir derrière une branche d'arbre. Il fait de plus en plus sombre et j'ai peur de me perdre. Les syllabes de ton prénom s'évanouissent dans le crépuscule.

Si je marchais en sens inverse sur le chemin que nous venons de prendre, peut-être parviendrais-je jusqu'à toi ? L'odeur des orangers qui se dégage près de l'entrée me donne du courage, courir vers toi. L'orage qui s'était éloigné tout à l'heure gronde à nouveau, des éclairs au loin se cognent sur la mer, le vent se lève. Quelques gouttes sur ma tête, puis la pluie tombe de plus en plus fort. Nulle part pour s'abriter. Je pourrais remonter jusqu'à la villa Lysis, mais je veux te retrouver.

Je suis à présent trempée de la tête aux pieds, rien ne pourra m'arrêter. Je ne cesse d'appeler ton nom sous l'averse, je reste persuadée que tu finiras par m'entendre. Le bruit du tonnerre se rapproche, j'espère que la foudre ne m'atteindra pas.

Quand je me trouve parmi la foule
Ton silence est si présent
Cette terre est une terre pour toi et pour moi
La trace d'un monde ou d'un rêve
Que nous connaissons tous deux
Peux-tu voir le feu ?
Ils me traitent tous de menteuse
Les ailes d'un homme brûlent sur une colline
Je cours au loin à la recherche d'un moulin
Disparu depuis longtemps
Cela me semble tellement réel
Pourtant ils ne connaîtront jamais cet amour
Au carrefour des au revoir,
Nos anciennes peaux que nous laissons tomber à terre.
Ne nous mentons plus à nous-mêmes.

Aucune trace de toi, c'est comme si tu n'avais jamais existé, et pourtant tu es la seule personne que j'ai connue. Je m'efforçais de connaître tous les autres mais je n'arrivais pas à établir un lien avec eux, j'étais étrangère à tous et à toutes.

Il n'y a pas âme qui vive sur le sentier qui mène au centre-ville. La villa Lysis est désormais loin derrière moi et je me sens coupable de ne pas avoir tenu mes engagements. Est-ce que cette représentation sera remise à plus tard ? T'aurai-je retrouvé d'ici là ? Je grelotte à cause de mes habits trempés, la mer en bas est sombre et agitée. Elle était si paisible il y a à peine une heure, tout semblait possible alors. J'ai l'impression d'entendre des hurlements provenant de tout en bas, près du rivage, je me penche contre la rambarde afin d'apercevoir quelque chose. Juste d'énormes vagues qui s'écrasent sur la roche avec fracas.

Si le pied venait à glisser
si le pied venait à glisser
je ne suis pas née femme
je ne suis pas né homme
je vogue au-dessus du vide
sans craindre de savoir qui je suis
tel le garçon qui te fait signe là-bas au loin
telle la fille qui court jusqu'à oublier d'où elle vient.

Je continue d'avancer, frigorifiée. Des lumières un peu plus bas, ainsi qu'une grande chope sculptée en métal, clouée en hauteur, sur le mur. L'endroit ressemble à un restaurant, je m'approche. Quelques chevaux sont attachés devant l'établissement, parmi des petites voitures électriques, comme celles qui transportent les bagages des visiteurs dans l'île. Une mélodie s'échappe de l'intérieur, je suis tout près et me retrouve devant une porte en bois. Je frappe avec la grande poignée. La musique s'arrête, les voix se baissent. Puis, soudain, j'entends un timbre grave de femme, que j'ai l'impression de connaître, elle me demande :

« Qui est là ? Que désirez-vous ?

— Je viens de la villa Lysis, où je devais donner un spectacle avec mon compagnon... Il a disparu, et, de toutes les manières, il n'y avait personne là-haut... Je suis inquiète, je n'ai nulle part où aller... Pouvez-vous m'ouvrir, s'il vous plaît ?

— Ah, c'est vous... Vous êtes en retard... »

La porte s'ouvre et Sara, vêtue d'un costume de carnaval, paillettes et masque à plumes noires sur le visage, me dévisage de haut en bas.

« Mais enfin, vous n'êtes pas habillée ? D'où venez-vous ? On dirait que vous vous êtes roulée dans la terre, vous êtes toute barbouillée de noir.

— Je suis désolée, je n'ai pas eu le temps de me changer... Il y avait pourtant deux capes en velours rouge près de la scène, je n'ai pas osé essayer la mienne... Si vous pensez que ma tenue n'est pas appropriée, je peux rester dehors.

— Allons, allons, il pleut... Je ne vais pas vous faire grelotter à l'extérieur. Entrez, vite ! » me lance-t-elle sur un ton plein de reproche.

Elle claque la porte derrière moi. La lumière de la pièce est très vive et m'éblouit, je me cache les yeux un bref instant avec la main pour me protéger, puis je regarde autour de moi. Une taverne en bois, au fond, un long bar où sont accoudées toutes sortes de personnes en train de boire de grandes pintes de bière ou des verres de vin géants. La musique n'a pas encore repris et tous les yeux sont braqués sur moi. La gêne est palpable, on entend des toussotements, les uns chuchotent à l'oreille des autres. Je crois reconnaître Ada Negri, adossée à un mur, elle fixe le sol comme si elle voulait éviter de croiser mon regard. Curzio Malaparte est assis près d'elle, en train de se limer les ongles, de temps en temps, il jette une croquette à son chien, qui fait le beau en se dressant sur ses deux pattes arrière pour attraper les friandises.

Sara se penche sur moi en agitant les bras :

« Ne restez pas immobile comme ça, vous mettez de l'eau partout, c'est dégoûtant ! Il va falloir nettoyer, ou quelqu'un risque de glisser et de se casser une jambe en dansant... Il faut vraiment tout vous expliquer ! »

Elle me jette une serpillière. Je perçois des rires étouffés dans l'assemblée, puis la musique reprend. Je m'agenouille au sol et commence à frotter. Je relève discrètement la tête afin d'observer ce qui m'entoure. Sara s'est éloignée pour rejoindre des convives attablés plus loin. En la voyant de dos, je remarque qu'elle a des plumes de paon accrochées à une robe bouffante, en satin noir. Quand elle s'assoit, j'aperçois Henry Wreford qui lui fait face, un livre à la main. Il semble déclamer un poème à voix haute, de temps en temps, il marque une pause, boit une gorgée de vin, puis retourne à sa lecture. Je reste à quatre pattes à récurer le parquet. À droite, sur une estrade, un groupe de trois musiciens : une femme blonde d'une trentaine d'années, avec une frange coupée très court, joue de la contrebasse ; à côté d'elle, le saxophoniste, un petit homme avec des lunettes et un costume en velours, couleur parme. Il exécute un solo, en remuant de façon étrange ; un peu plus loin, une jeune fille est assise derrière une batterie légère, elle semble endormie.

Après m'être assurée que le sol était bien propre, je me redresse et me dirige vers l'orchestre. Sara arrive en trombe :

« J'espère que vous n'allez pas importuner les musiciens classiques ! Vous voyez bien qu'ils sont concentrés…

— Mais Sara, ce ne sont pas des musiciens classiques, tendez l'oreille… Vous vous rendez bien compte qu'ils sont en train de jouer un air de musique pop rock, ils le revisitent en ajoutant une partie de saxophone… Je crois même reconnaître ce morceau… Mais oui ! C'est "*Gimme All Your Lovin*" des ZZ Top ! Sans le rythme, bien sûr : la batteuse est en train de ronfler, on peut l'entendre d'ici, écoutez-la…

— Vous n'allez quand même pas insulter des artistes de si grand talent, qui effleurent le pied des anges à chaque note qu'ils jouent. De la musique pop rock… N'importe quoi ! Je vais vous expliquer quelque chose de très simple, dont vous vous souviendrez longtemps : il y a les arts majeurs, exercés par ces musiciens classiques, que vous êtes en train d'écouter en ce moment, et les arts mineurs, auxquels, hélas, se consacrent trop de gens… »

Elle contracte sa mâchoire en me fixant.

« J'imagine que vous voyez à peu près ce que je veux dire. »

Elle se tait un instant.

« Oh non, regardez ! Il y a encore de la boue là-bas, à quoi donc cela a-t-il servi que je vous dise de nettoyer le sol, puisqu'il est encore sale ?

— Je vous prie de m'excuser... J'ai la tête ailleurs... Je ne comprends pas où est passé P. Il a disparu soudainement, je suis inquiète.

— De quoi parlez-vous ?

— De P., que vous avez rencontré hier quand nous sommes arrivés sur l'île. Une fois que nous étions dans le jardin de la villa Lysis, c'est comme s'il s'était volatilisé... Je l'ai cherché partout... »

Sara se détourne de moi et, tout en rejoignant le petit groupe hypnotisé par la lecture à voix haute de Wreford, elle me répond sans même me regarder :

« Je ne comprends rien de ce que vous me racontez. Vous êtes vraiment bizarre, vous... »

La batteuse s'est à présent réveillée. Elle bâille, puis commence à jouer un rythme très entraînant, le reste des musiciens se joint à elle. Plusieurs clients se mettent à danser, je reconnais parmi eux Enrico Caruso, vêtu d'un costume de matador, incrusté de perles qui ressemblent à des diamants. Il tient une énorme pinte de bière, dont le contenu ne cesse de se déverser à chaque nouveau pas de danse. Une petite fille aux longs cheveux blonds est assise sur ses épaules, elle s'agrippe à son cou pour ne pas tomber et s'esclaffe en criant « hue, dada, hue ». Le bruit dans la taverne est de plus en plus fort : on discute, on boit, la musique bat son plein, tandis que je suis toujours en train d'astiquer le sol. Où suis-je ? J'ai la curieuse impression qu'à l'exception de Sara personne n'a l'air de remarquer ma présence, comme si j'étais désormais devenue invisible. La sensation d'avoir été abandonnée et de n'avoir plus aucune force pour affronter la suite.

Derrière le bar, une serveuse rousse avec un bandeau noir sur l'œil gauche me regarde en souriant. Elle est en train de verser une liqueur verte dans de minuscules verres devant elle. Elle me fait signe d'approcher, je me lève et abandonne la serpillière mouillée au sol. Un homme ivre trébuche sur moi et fait tomber son verre de vin sur mes cheveux, je manque de m'écrouler sur le comptoir. La femme rousse, à l'air de pirate, me tend la liqueur en me faisant un clin d'œil.

« Bois, ça sera plus facile après. »

J'avale cul sec, la boisson est très forte et me fait grimacer.

« Encore un, me propose la serveuse. Tu verras, tout va se ramollir dans ton esprit, tu te sentiras presque bien.

— Merci. »

Le liquide me brûle la gorge. L'orchestre joue un nouveau morceau : je suis prise de nausées et d'un profond désespoir chaque fois que j'entends les parties de saxophone, elles sonnent comme un refrain entêtant. La même mélodie qui ne cesse de revenir en boucle… Cette chanson est associée à des moments d'extrême solitude. La peur me tient au ventre dès que les solos de saxophone approchent, j'ai l'impression d'être au sommet d'un grand huit, juste avant de redescendre. Presque toute la salle est à présent en train de danser et de sauter, dès que les refrains arrivent. La petite fille assise sur les épaules de Caruso manque de tomber à chaque fois, elle s'accroche à ses cheveux, le menton tremblant, elle est sur le point d'exploser en sanglots. Une femme monte sur l'estrade où est installé l'orchestre et se met à chanter :

Alors on danse
Alors on danse
Alors on danse
Et là tu te dis que c'est fini
Car pire que ça, ce serait la mort
Quand tu crois enfin que tu t'en sors
Quand y en a plus et ben y en a encore
Alors on danse
Alors on danse

La serveuse me regarde avec compassion. Je dois être blême, car elle me dit sur un ton rassurant :

« Ne t'inquiète pas, ça va bientôt s'arrêter. C'est pénible pour moi aussi, tu sais. Je travaille depuis le début de l'après-midi et l'auberge n'a cessé de se remplir. Ils sont tous de plus en plus saouls et il suffit d'un rien pour que tout dégénère. Curzio Malaparte va bientôt procéder à ton interrogatoire. Tout va bien se passer, il te suffit d'être précise quand tu lui répondras, sinon il risque de perdre patience et personne n'a envie de ça… Pour le bon déroulement des choses, je te conseille de l'écouter avec attention et de parler distinctement. J'ai remarqué que depuis quelques années, il est un peu dur d'oreille... AR-TI-CU-LE !

— Mais de quel interrogatoire voulez-vous parler ? »

La serveuse se détourne de moi pour servir d'autres clients.

Et là tu te dis que c'est fini
Car pire que ça, ce serait la mort
Alors on danse
Alors on danse

La tête me tourne et mon cœur bat vite. Je me demande où tu as bien pu partir, nous étions si près du but... Il suffisait de monter sur scène, d'improviser quelque chose, puis, quand la nuit serait enfin tombée, nous aurions été libres. Peut-être aurions-nous même pu quitter l'île au petit matin, par la première navette ? Nous aurions tenté de retrouver d'où nous venons. Nous aurions choisi la vie. Mais tu as capitulé avant même que j'aie eu le temps de m'en apercevoir... Et me voilà prisonnière dans cette étrange taverne, où l'on se prépare à m'interroger sur je ne sais quoi. Qu'ai-je fait de mal ? Je leur dirai la vérité, je leur expliquerai que ce n'est pas ma faute s'il n'y a pas eu de représentation. J'étais prête à la donner, avec toute la meilleure volonté du monde. C'est toi qui as déserté. Pas moi. S'ils veulent un spectacle, eh bien, je le leur donnerai, sans me débattre... Il est désormais trop tard pour contredire ce qui est déjà écrit.

La musique s'arrête et tout le monde cesse soudain de danser. Les musiciens quittent la scène, chacun essaye de trouver une chaise libre. Les mines sont graves, on vide des verres, le regard perdu au loin. La petite fille blonde s'assoit sagement en tailleur par terre, elle renifle une longue couverture blanche en mohair, qu'elle tient entre son pouce et son index. Curzio Malaparte est maintenant la seule personne à être debout dans la salle, je suis encore accoudée au bar.

La serveuse rousse me glisse à l'oreille :

« Vas-y. C'est à toi de jouer. Dépêche-toi, place-toi bien droite en face de lui et surtout souviens-toi de ce que je t'ai dit : parle distinctement, sinon il va s'énerver. Allez, file ! Ne les laisse pas attendre ! »

Je m'avance vers l'assemblée d'un pas faussement sûr de moi. Les battements de mon cœur martèlent ma poitrine et des gouttes de sueur froide perlent sur mon front. Tous les regards sont une nouvelle fois braqués sur moi, certains me montrent du doigt. Les musiciens sont également assis dans la salle, un air moqueur se lit sur leurs visages, à part sur celui de la batteuse qui s'est, elle, à nouveau endormie. Je m'arrête devant la première rangée de chaises. Malaparte s'approche de moi, suivi de son chien. Il tient un énorme verre de vin rouge, rempli à ras bord. Quand nous ne sommes plus qu'à quelques centimètres l'un de l'autre, il me tend sa main droite :

« Bienvenue parmi nous. Rassurez-vous, l'interrogatoire ne va pas durer longtemps… Nous avons d'autres choses à faire que de vous questionner toute la nuit. Febo, couché ! »

Le chien s'aplatit immédiatement sur le sol.

Les convives se mettent à rire.

« Il faut juste que nous nous fassions une idée plus précise de vos intentions sur l'île, comprenez-nous… J'ai entendu dire que vous assurez être arrivée ici accompagnée, cela est surprenant… Car aucun de ceux qui ont croisé votre chemin depuis hier n'a aperçu quelqu'un à vos côtés. Je dis bien, *aucun*… Vous m'entendez ?

— Oui.

— Pardon… Que dites-vous ? Je ne vous ai pas comprise. »

Le chien se met à aboyer et à tourner autour de moi, en me reniflant.

« J'ai dit : OUI. JE VOUS ENTENDS.

— Bien, j'en suis heureux. Febo, couché ! Je vous répète donc que les quelques personnes qui vous ont vue depuis votre arrivée sur l'île m'ont certifié que vous êtes venue seule ici. SEULE. »

Quelques voix s'élèvent :

« Oui, elle gravissait les collines en se parlant à elle-même…

— On aurait dit une folle…

— Même les chèvres avaient peur ! »

De nouveaux éclats de rire s'échappent dans la salle. Curzio Malaparte reprend :

« Taisez-vous ! J'exige le calme afin de pouvoir continuer l'interrogatoire. »

Il se tourne vers moi.

« Pouvez-vous à présent m'expliquer ce qui vous a menée jusqu'ici ?

— Je ne sais pas... Nous... Enfin, je me suis retrouvée dans ce bateau, sans savoir ce que je faisais là... Et après, je n'ai pas tenté de comprendre, j'ai accepté les événements tels qu'ils se présentaient à moi. J'ai accepté mon sort sans réfléchir. Avec résignation. »

Malaparte se tourne face au public et répète très lentement, en articulant à outrance :

« ELLE A ACCEPTÉ SON SORT AVEC RÉSIGNATION... »

Brouhaha général, deux ou trois individus se lèvent en criant :

« Cela ne fait aucun sens. Nous n'entendons rien à ses réponses. Elle nous mène en bateau ! Méfiance, c'est peut-être une espionne... »

Je ferme les yeux et m'évade.

J'essaye de me souvenir de quelque chose. Me rappeler l'endroit d'où je viens. Quand nous étions tous les deux, loin d'ici. Loin de ce tribunal improvisé... Ce temps-là où j'étais encore moi-même. Il faisait si sombre dans cette vie délaissée, nous collions nos visages contre la vitre pour grappiller le peu de lumière que nous offrait le lampadaire de notre petite rue, tels deux papillons de nuit. Dans la chambre du milieu se reflétait une lumière orangée et nous nous perdions chacun dans nos rêveries, boucliers des journées que nous traversions.

Parfois nous jouions à cache-cache, sans jamais parvenir à nous trouver. La nuit tombait, puis ça recommençait. Hier était identique à aujourd'hui, aujourd'hui à demain... La tête me tournait, mais je m'engageais dans cette danse sans réfléchir. Tu me prenais la main et nous tournions de plus en plus vite, jusqu'au moment où nos jambes ne pouvaient plus nous porter. Il aura suffi d'une légère brise de vent pour que tu disparaisses. Me voilà livrée à moi-même au beau milieu d'une île qui ne semble exister qu'à l'intérieur d'un songe. J'avance à tâtons, dans Capri, et il me faut à présent choisir le monde des vivants ou bien plonger, sans crainte, dans celui des morts. Ils attendent que je les rejoigne, ils essayent par tous les moyens de m'attirer à eux. De me convaincre. Tous leurs efforts sont inutiles : je suis prête à les suivre de moi-même, sans me rebeller. Rien ne me retient chez ceux qui respirent encore, je suis éteinte à l'intérieur. Il est temps pour moi de m'en aller. Le pays des sirènes m'a aspirée, il a fait ressurgir la plus grande des solitudes et m'a emprisonnée dans ses filets. J'ai couru sur les sentiers escarpés et plus d'une fois j'ai voulu me jeter dans le vide, mais tu m'empêchais de tomber en m'agrippant la main. Maintenant que tu n'es plus là, personne ne me retient, seuls les fantômes me tirent à eux. Leurs mains sont froides et molles, je ne parviens pas à établir un contact, ils semblent dégoûtés à l'idée de me toucher. Je sais le mépris qu'ils me portent et

je me tais. Cela ne sert à rien d'essayer de les convaincre, ce qu'ils pensent de moi me laisse indifférente. Je suis déjà une ombre parmi les ombres et le ciel ne versera plus de larmes ce soir. Si tu reviens un jour, tu ne pourras plus me trouver, mais peut-être sentiras-tu ma présence sur cette branche de citronnier ? Ou dans cette glycine qui embaumera les soirées de printemps… Je serai là, à t'attendre.

Une main se lève dans la salle. Curzio Malaparte tend le bras pour donner la parole à un très jeune homme qui se met à rougir quand il ouvre la bouche pour parler :

« Pouvez-vous lui demander si elle va rester parmi nous ? J'aimerais aussi savoir si le spectacle qui devait avoir lieu ce soir est annulé ou s'il aura finalement lieu… »

Malaparte lui fait signe de se rasseoir, puis se tourne à nouveau vers moi :

« Il faut à présent que vous soyez plus claire quant à vos intentions. Le trouble que vous avez jeté dans l'île n'est plus supportable, il entraîne une incertitude qui nous mine tous, vous vous en rendez bien compte… Allez-vous enfin nous dire ce que vous vous apprêtez à faire ? Rester ici ou fuir, une fois de plus… Les personnes lâches de votre espèce… »

Une voix l'interrompt :

« Laissez-la répondre, elle a le droit de se défendre ! »

Malaparte rétorque d'un ton glacial :

« Je vous rappelle que je suis le maître de cérémonie et que cet interrogatoire ne doit en aucun cas être contesté. J'ai été élu à l'unanimité et mon pouvoir ici est légitime. Reprenons... »

Il se penche sur moi et articule comme si je n'arrivais pas à l'entendre :

« Allez-vous rester ici ou partir ? Vous avez l'obligation de nous répondre !

— Je ne sais pas...

— Vous devez savoir ! Assez de tergiversations... Vous êtes une adulte, vous êtes maîtresse de votre destin...

— Oh, mon destin... »

Je suis la lumière le long du couloir. Une tache blanche et lumineuse, au bout. Il faut garder du souffle. Ils avaient donc raison, c'est donc ça : juste cette obscurité qui s'arrête à un moment, mais quand ?

« Je reste avec vous ! »

Ma voix sonne clair, sûre de moi, je ne me suis jamais sentie aussi confiante. J'entends des applaudissements et des cris de joie. Les musiciens se mettent à jouer une mélodie entraînante, puis Caruso fait résonner sa voix de ténor parmi la foule. Les tables et les verres tremblent, les gens se lèvent et commencent à danser, on jette des confettis multicolores. Curzio Malaparte s'est détourné de moi, il lance encore des friandises à son chien, qui les attrape en vol.

Ils ne m'ont pas laissé le choix et pourtant je ne porte aucun regret en moi, ni celui de ne pas

avoir dit au revoir à ceux que j'ai connus, ni celui de ne jamais retourner d'où je viens. Me voilà condamnée à arpenter l'île pour toujours, sans pouvoir la quitter. Cela ne m'effraye pas, j'appartiens à présent au monde des esprits. Ai-je juste rêvé que nous étions tous les deux, pour me donner du courage et réussir à larguer les amarres ? Je n'aurais peut-être pas eu la force de m'échapper, si je m'étais rendu compte que j'étais seule… Seule depuis le début.

Sara s'approche de moi, le visage triomphant, elle me serre dans ses bras. Son odeur poivrée me donne un léger haut-le-cœur :

« Enfin, vous avez fait preuve de raison ! Bienvenue, bienvenue parmi nous. Vous ne vous ennuierez pas ici… Nous sommes tous… éternels ! »

Elle reprend, émue :

« La pluie s'est arrêtée, nous allons tous pouvoir remonter à la villa Lysis et assister à votre spectacle. N'ayez crainte, les musiciens classiques sont au courant, vous pourrez vous appuyer sur eux lors de votre performance. Tout le monde se réjouit de vous savoir des nôtres… Cela aura juste pris un petit peu plus de temps que prévu, mais le jeu en valait la chandelle. Regardez toute cette joie autour de vous… »

L'orchestre bat son plein et toute l'assemblée est en nage à force de danser. J'observe de loin la serveuse rousse qui sert verre après verre, elle est concentrée dans sa tâche.

J'avais imaginé un monde des esprits calme, où le murmure du vent et des gouttes de pluie qui tombent sur le sol résonne avec délicatesse. Il va falloir s'habituer à toute cette agitation : serrer des mains, répondre aux autres, faire des sourires... La solitude n'existe plus et pourtant elle est omniprésente, se glissant à travers chaque note de musique, dans chaque parole ou pas de danse. J'ai l'impression d'assister à une mauvaise imitation de la vie, alors que tout autour de moi respire la mort.

Tu n'es plus là et me voici seule devant l'éternité. Ils ont beau me répéter le contraire, j'étais avec toi en arrivant ici, peut-être étions-nous tellement liés l'un à l'autre que nous ne formions qu'un ? J'ignore si tu as existé, pourtant l'amour que j'avais pour toi était bien réel, lui, et tout a désormais disparu. Les fantômes m'ouvrent leur porte et je n'ai plus peur de rien, ni d'hier ni de demain. Je flotte sur l'infini, remplie de moi-même et des bribes de souvenirs qu'il me reste. J'en ai peut-être assez pour tenir à jamais.

La serveuse rousse appuie sur un objet en caoutchouc, un bruit de klaxon retentit dans la salle :

« Dernière commande, le bar va fermer dans cinq minutes... »

L'orchestre s'arrête de jouer, le saxophoniste et la contrebassiste rangent leurs instruments dans leurs étuis, la batteuse démonte les cymbales, elle ne cesse de bâiller. Sara se dirige vers l'entrée et ouvre en grand les portes en bois. J'aperçois le ciel, à présent dégagé, la pluie a cessé. Les tout derniers rayons du soleil illuminent le sol encore mouillé. Sara crie :

« *Avanti*, tout le monde ! Le spectacle aura bien lieu ce soir et va commencer bientôt, le temps que tout le monde arrive là-haut, à la villa Lysis. Ceux qui n'ont pas terminé leurs verres peuvent les emporter avec eux… Allez, dépêchez-vous ! Laissez passer les artistes en premier, ils ont besoin d'un moment pour s'installer. »

Les musiciens se pressent vers la sortie, leurs instruments sous le bras, je les rattrape vite. Ils m'ignorent et s'engagent rapidement sur le petit chemin en pierre. L'air est frais, chargé de mille senteurs, quelques gouttes tombent encore des branches des arbres, on entend le chant timide des oiseaux. La contrebassiste, le saxophoniste et la batteuse sont très chargés, ils marchent lentement, je les devance.

Je monte la via lo Capo, je sais où aller. Je sais ce qui m'attend. Rien ne sera plus jamais comme avant. Je suis pleine de force, j'appartiens maintenant à Capri. En me retournant, je vois une ribambelle de personnes qui se suivent les unes derrière les autres : elles tiennent des verres à la main, discutent et sont joyeuses, elles font corps avec l'éternité. Je fais moi aussi partie de cet étrange carnaval et je me sens grisée. La petite fille blonde est à nouveau sur les épaules d'Enrico Caruso, Febo leur tourne autour en aboyant… Rires et chants, nous sommes des fantômes heureux, nous nous baignons dans la lumière du crépuscule.

Je jette un regard vers la mer, parmi les flots, il me semble voir un bras qui s'agite comme si quelqu'un cherchait à remonter à la surface, mais les courants violents éloignent vite cette forme lointaine. Plus aucune trace de vie à l'horizon.

La minuscule personne qui était apparue, tout à l'heure, se poste soudain devant moi, sa salopette mouillée laisse tomber des gouttes au sol et son chapeau brodé est tordu par le poids de l'eau.

L'ELFE :

La roue tourne laissant une trace de ce qui est parti
Une terre de nulle part
Nulle part est bien là d'où tu viens
À côté des vieux jours
Sur la face sombre de la lune
Tu trouveras le chemin vers la nuit
Tu entends le vent souffler, mais il n'y a peut-être personne
Cette chanson des oiseaux noirs martèle ton esprit
À l'ombre des vieux jours
Tu cours sur un champ
Tu te tiens à mi-chemin sur la route
La cloche sonne mais ce n'est pas le bon son
Tous les mots sont enterrés près de la rivière
Une bougie est en train de brûler
Au même endroit où se trouvent les vieux jours
Tu te caches dans des rêves
Des rêves que tu n'as jamais faits.

CHANT XVI

L'île intérieure

La Vie de l'espace *tombe en lambeaux.*
Titres de cinq chapitres inscrits sur la couverture déchirée :
« La culture des songes », puis « L'isolement de l'homme ».
Le livre se termine par « Dieu », une bonne conclusion.

Nos îles intérieures nous condamnent à la solitude, nous sommes nombreux à vouloir nous en échapper. Mais l'eau trace des limites qu'on ne peut franchir, même avec la meilleure volonté du monde. Nous flottons sur l'existence sans parvenir à ne former qu'un. Des bouts de territoire, disséminés ici et là. L'air nous sépare, comme la mer, de temps en temps des tempêtes éclatent. Le phare guide les bateaux, malgré cela le danger nous tétanise.

Des correspondances existent entre toutes ces parcelles de terre, les navettes sont plus ou moins fréquentes selon les endroits. Certaines îles ne sont pas desservies et subissent le sort des lieux abandonnés ; la végétation y est sauvage, les traces de vie, rares. Celui ou celle qui est une île lointaine savoure sa liberté, mais en paye aussi le prix, il n'espère rien des autres.

Pourtant, on est comme on naît, tandis que chez les uns le sang cogne dans la poitrine parce qu'ils ont mal ou que la tristesse n'est plus supportable, certains parviennent à faire taire les blessures, même les plus fraîches. Accepter d'être une île lointaine et y voir des avantages, comme celui d'être tranquille, protégée de tout et de tous. Libre d'aller et venir à sa guise. De se perdre.

Mon musée est mal entretenu, les murs sont écaillés, le gardien a donné sa démission et les quelques visiteurs habituels se font de plus en plus rares : les souvenirs remontent avec peine à la surface, pourtant je n'ai aucun mal à retrouver ceux que j'aime, les jours de beau et de mauvais temps.

Mon île n'est pas très grande mais elle est vaste : elle accueille aussi bien les naufragés qui veulent faire une halte paisible de quelques jours, ou seulement de quelques heures, sur mes côtes. Dans cet espace clos, délimité par les barrières de mon corps, je me sens parfois à l'étroit. Qui n'a jamais souhaité déserter sa propre terre et voguer au loin ? Embrasser l'infini.

L'immense archipel que nous formons tous en nous côtoyant nous oblige à respecter certaines règles. On ne peut pas se laisser aller et n'en faire qu'à sa tête, il faut garder de la contenance, peu importent les circonstances. Garder la tête haute, contre vents et marées. On imagine parfois qu'une autre île va entrer en collision avec la sienne et former une plus grande étendue… Les choses ne se passent pas ainsi, cela reviendrait à une forme d'apocalypse.

Je me suis écartée par moments de la route principale, pourtant je n'ai jamais cessé de marcher, le regard fixé vers l'horizon. Les montagnes me donnaient le vertige, je n'osais pas m'approcher, de crainte que la roche ne s'écroule. Je préférais les contempler de loin pour qu'elles ne me voient pas, j'aurais détesté les entendre appeler mon nom pour que je les gravisse. Je me suis baignée dans des ruisseaux glacés au petit matin, j'ai même vu un loup une fois qui, immobile, me fixait de ses yeux bleus. Il avait l'air de me dire : *Regarde, j'appartiens moi aussi à ton monde, tu ne m'aurais pas deviné avant de te retrouver face à moi, n'est-ce pas ?* J'ai ouvert les yeux et je me suis mise à pleurer, me rendant compte ce jour-là que les choses et les êtres qui m'habitaient m'étaient pour la plupart étrangers. Et pourtant, tout existait en moi.

Je me heurtais à l'inconnu, mes peurs me rendaient la vie impossible. Je me réveillais plusieurs fois par nuit en me bouchant les yeux, je ne voulais rien voir de ce qui se passait à l'intérieur. Pourtant, je ne cessais de découvrir de nouveaux endroits, ils m'apparaissaient tous hostiles. Est-ce que tout le monde ressentait la même chose ? Est-ce que ces milliers d'îles qui m'entouraient redoutaient comme moi d'entreprendre ce voyage interne qui me terrifiait tant ? Je n'osais pas en parler autour de moi et préférais brouiller les pistes. Si on me demandait à quoi je pensais, je bredouillais : *Je ne sais pas*, et on me laissait tranquille.

L'idée que ce voyage ne finisse jamais est vertigineuse. Une existence à explorer ses chemins intérieurs. Étrange destin.

Au printemps, à l'arrivée des premiers bourgeons, mon île est secouée par les orages et les ouragans, qui arrachent tout sur leur passage. Pourtant, je garde un sourire lisse.

Tous les rêves enfermés
tous les mots abandonnés
les souvenirs faits de poussière
resteront les miens, jusqu'à la fin
Tous les amours que le temps a enterrés
toutes les années passées trop vite
toutes les prières du soir
resteront les miens, jusqu'à la fin

Main dans la main jusqu'au bout de la route
avec cette rhapsodie du crépuscule
danseras-tu avec moi sur cette mélodie ?

Toutes les peurs vêtues de noir
toutes les rues traversées
tous les étés et leurs larmes
resteront les miens jusqu'à la fin

Toutes ces personnes jamais rencontrées
et ces montagnes jamais escaladées
resteront les miennes jusqu'à la fin

Je suis assise au bord de la rivière, celle qui porte ce nom récurrent dans mes songes. Un poisson-chat poursuit une sirène, le poisson-chat ressemble à ma vie, la sirène a le visage de mes espérances. J'ignore si le poisson-chat va réussir à attraper la sirène, je suppose qu'il est trop petit... Pauvre poisson-chat.
Le soleil se couche, le ciel se colore de rose, j'entends des chiens aboyer ou bien ce sont des loups ? Qui sait ?

Main dans la main jusqu'au bout de la route
avec cette rhapsodie du crépuscule
danseras-tu avec moi sur cette mélodie ?

La mélancolie de l'île est comme l'enfant qui regarde ses condisciples jouer, à travers la vitre, sans pouvoir les rejoindre.

J'ai marché les poings dans mes poches dans tant de villes, connues et inconnues. Si j'essaye de me rappeler toutes les promenades que j'ai faites avec moi-même, il y avait parfois du soleil, souvent les feuilles mortes crissaient sous mes pieds.

Il pleuvait, les bourgeons me regardaient d'un air arrogant.

J'avais beau courir vers un ailleurs, fuir l'endroit d'où je venais, je n'étais rien d'autre qu'une île immobile. Peu importe où j'allais, mes paysages ne changeaient jamais : arc-en-ciel en noir et blanc, étranges crépuscules, typhons et aubes pleines de promesses. À l'extérieur, j'ai donné la main à ceux que j'aimais, ils m'aidaient à trouver le bon chemin. Ils m'éloignaient de mes ciels où les étoiles disparaissent si fréquemment, cachées derrière un voile gris. J'ai parlé aux uns et aux autres, j'ai tenté d'entrevoir leurs littoraux, le plus souvent je ne voyais rien.

J'ai foulé le sable de mes plages, je l'ai transvasé dans des petits flacons en verre. J'ai emmené ces souvenirs de moi-même partout où j'allais, afin de ne pas perdre la trace de celle que j'étais. De temps en temps, quand il m'arrivait de faire une rencontre importante, je laissais un flacon pour qu'on ne m'oublie pas. Une fois, une personne à qui j'avais donné une partie de moi-même en souvenir a jeté le petit récipient au sol, il s'est cassé en mille morceaux. J'ai balayé les grains de sable sur le carrelage avant de les jeter à la poubelle. Je n'étais même pas triste. J'ai toujours aimé me débarrasser de moi-même : plus de pensées, plus de regrets, plus de biens matériels… Juste l'espérance. Rien d'autre.

Aménager son île de façon à pouvoir accueillir les quelques êtres qui comptent vraiment dans une vie. Construire sur son territoire des huttes sommaires mais solides, pour qu'ils viennent s'y réfugier, en cas de besoin.

L'île transcende alors sa solitude éternelle. Les levers de soleil ont enfin un sens.

L'île, bien qu'en apparence seule, ne l'est plus.

Composition et mise en pages
par Facompo Lisieux

#lisez! engagé
www.lisez.com

Pour plus d'information :

Imprimé sur du papier issu de forêts gérées durablement.

Imprimé en France par
CPI Firmin-Didot
en avril 2024

N° d'édition : 67222/01 – N° d'impression : 178805